안톤 체호프 단편집

일러두기
- 이 책은 Anton Chekhov 『Comliatim Short stories by Chekhov』를 참고했습니다.
- 이 책에 실린 각각의 단편소설은 원작을 발췌 완역한 것입니다.

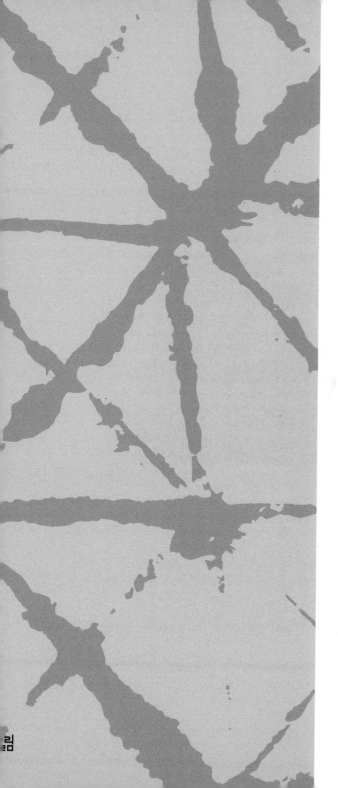

Антон Павлович Чехов

안톤 체호프 단편집

안톤 체호프 지음

안톤 체호프

안톤 체호프는 넉넉지 않은 집에서 태어났다. 그나마 아버지가 파산하는 바람에 더욱 어려운 형편에 처하게 되었다. 하지만 체호프는 어려운 생활 형편에서도 학업에 정진해서 1879년에 모스크바 대학 의학부에 입학하고 의학 박사 학위까지 취득했다. 하지만 그의 공식적인 의사 활동은 1년 남짓밖에 되지 않는다. 작가로서의 꿈을 버릴 수 없었기 때문이다.

1881년부터 필명으로 단편들을 다양한 잡지에 발표하기 시작한 체호프는 1882년부터 5년간 300편이 넘는 단편들을 발표했다.

안톤 체호프 기념비

러시아 모스크바 지역 멜리호보에 러시아의 대표적인 작가 안톤 체호프 기념비가 세워져 있다.
체호프는 1888년 『황혼』이라는 표제가 붙은 단편집으로 푸시킨 문학상을 수상하면서 문단의 주목을 받기 시작했고 금세 러시아 문학계를 대표하는 작가로 급부상했다. 그는 에드거 앨런 포, 기 드 모파상과 함께 세계 3대 단편 작가 중의 한 명으로 꼽히며 러시아 문학뿐 아니라 전 세계 수많은 작가들에게 커다란 영향을 미쳤다.

안톤 체호프 초상화

안톤 체호프의 형제 니콜라이 체호프가 그린 안톤 체호프의 초상화다.
어렸을 때 니콜라이는 미술과 음악에 재능을 보였다. 그는 모스크바 회화·조각·건축 학교에 다녔다. 하지만 만성적인 알코올 중독으로 공부를 마치지 못했다. 안톤은 그에게 편지를 써서 술 취하지 말라고 충고했지만 소용이 없었다. 그는 31세의 나이에 결핵으로 사망했다. 니콜라이의 죽음은 임박한 죽음에 직면한 한 남자에 대한 안톤 체호프의 단편소설 「지루한 이야기」에 영향을 끼쳤다.

안톤 체호프 단편집 **차례**

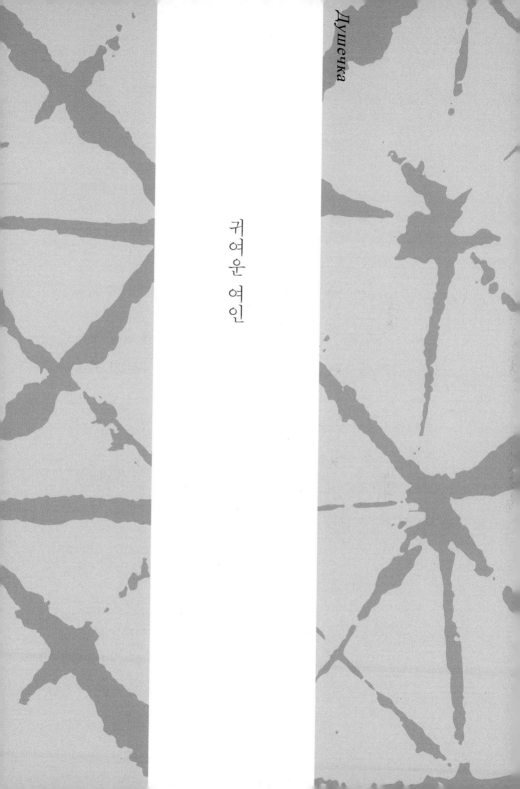

Душечка

귀여운 여인

귀여운 여인

퇴직 관리 플레먀니코프의 딸 올렌카는 계단에 등을 기대고 앉아 깊은 생각에 잠겨 있었다. 무더운 날씨에 파리가 귀찮게 달라붙었지만 곧 해가 질 것이라는 생각에 기분이 좋아졌다. 검은 비구름이 동쪽에서 다가오고 있었고 이따금 습기를 머금은 바람이 불어왔다.

이 집 별채에 세 들어 사는 티볼리 야외극장 경영자 쿠킨이 뜰 한가운데 서서 하늘을 바라보고 있었다.

"맙소사, 또!"

그는 울상을 지으며 투덜거렸다.

"또 비야! 아니, 웬 놈의 비가 매일 내리다니 내게 무슨 원한이라도 있나! 그냥 확 죽어버리든가 해야지, 이거 원! 완전 망

했어! 매일 손해가 이만저만이라야지!"

그는 두 손을 치켜올리면서 올렌카를 향해 계속 말했다.

"그래요! 우리네 사는 게 늘 요 모양 요 꼴이지요, 올리가 세묘노브나. 울어도 시원찮을 지경입니다. 매일 죽을힘을 다해 기쓰고 일해 봐야, 또 밤엔 밤대로 다음 날 걱정에 잠도 못 이루고 지내 봐야, 그게 무슨 소용이 있나요? 우선 관중이 무식하고 촌스러워요. 야만인 같다니까요. 일류 가수에 최고의 오페레타와 고급 가면극을 보여주지만 그런 건 원하지도 않아요. 도무지 이해하지도 못한다니까요. 그저 광대극이나 원하고……. 야한 것만 보여달란다니까. 게다가 날씨까지 이 모양이니! 매일 저녁 이놈의 비가! 5월 10일부터 내리기 시작해서 6월이 되기까지 내내 날씨가 이 꼴이니! 정말 기가 막힙니다! 관중은 없는데도 자릿세는 물어야지, 게다가 배우들 출연료도 줘야……."

다음 날 저녁에도 어김없이 구름이 몰려왔고 쿠킨은 발작적으로 웃으며 말했다.

"그래, 좋아! 얼마든지 퍼부어라! 온통 다 물에 잠기고, 나까지 물에 빠뜨려버려라! 난 어차피 이승에서건 저승에서건 재수 없는 놈이니까! 배우들이 나를 고소해도 좋아! 나를 감옥에 보내라고! 시베리아로 보내라니까! 교수대면 어때, 하, 하, 하!"

다음 날도 마찬가지였다.

올렌카는 말없이 심각하게 쿠킨의 이야기에 귀를 기울였고 때로는 눈물을 흘리기도 했다. 마침내 쿠킨의 불행이 그녀를 감동시켰다. 그를 사랑하게 되었던 것이다. 그는 작은 몸집에 야윈 사람이었고 안색은 누렇고 곱슬머리가 이마를 덮고 있었다. 음색은 옅은 테너였고 말을 할 때마다 입을 샐쭉거렸으며 얼굴은 늘 절망에 젖어 있었다. 하지만 그는 그녀의 가슴에 깊고도 진지한 애정을 불러 일으켰다.

그녀는 언제나 누군가를 사랑했으며 사랑 없이는 존재할 수 없는 여자였다. 어린 시절 그녀는, 지금은 어두운 방에 앉아 숨을 가쁘게 몰아쉬고 있는 그녀의 아버지를 사랑했다. 그녀는 2년에 한 번쯤 브랸스크에서 다니러 오는 작은어머니를 사랑했고 여학교에 다닐 때는 프랑스어 선생님을 사랑했다. 올렌카는 고운 마음씨에 상냥한 여자였다. 그녀의 눈길은 부드럽고 잔잔했으며 몸도 건강했다.

그녀의 통통하고 발그스레한 뺨, 보드랍고 흰 살결에 까만 점이 박힌 목덜미, 기분 좋은 이야기를 들을 때면 떠오르는 상냥하고 순진한 미소를 보면 남자들은 '거 참, 괜찮은 여자야'라고 생각하며 함께 미소를 지었다. 그의 집을 방문한 여자 손님들은 이야기를 주고받다가도 "아휴, 귀엽기도 해라!"라며 그녀의 손을 잡지 않고는 못 배겼다.

그녀가 태어난 이래 죽 살아왔으며 아버지가 유산 격으로 그녀에게 물려준 이 집은 티볼리 야외극장에서 그다지 멀지 않은 곳에 있었다. 그래서 저녁부터 밤늦게까지 음악 소리와 폭죽 소리가 들려왔다. 그 소리가 그녀에게는 마치 쿠킨이 운명과 싸우는 소리처럼 들렸고 그의 주적(主敵)인 무심한 관중들을 향한 공격 나팔 소리처럼 들렸다. 그러면 그녀는 가슴에 달콤한 전율을 느끼며 잠을 이루지 못했다. 이윽고 동이 트고 그가 돌아오면 그녀는 침실 창문을 톡톡 두드리며 커튼 사이로 얼굴과 한쪽 어깨만 내보인 채 친근한 미소를 보내곤 했다.

그가 청혼했고 둘은 결혼했다. 가까이서 그녀의 목, 포동포동하고 멋진 어깨를 보게 되자 그는 두 손을 번쩍 쳐들고 말했다.

"당신은 정말 귀여워!"

그는 행복했다. 하지만 결혼식 날에도 종일 비가 왔기에 그의 얼굴에서 절망의 빛은 사라지지 않았다.

결혼 후 부부는 다정하게 살았다. 올렌카는 남편의 사무실에서 극장 일을 도왔다. 그녀는 표를 팔기도 했고 경리사무를 맡아 보았으며 임금을 계산해서 지불해주기도 했다. 이제 그녀의 발그레한 뺨, 그녀의 달콤하고 순진하며 빛나는 미소를 매표소 창문에서, 무대 뒤에서, 구내 휴게실 등에서 볼 수 있었다. 그녀는 어느덧 아는 사람들에게 연극이야말로 삶에서 으뜸이고 가장 중요한 것이라고, 극을 통해서만 진정한 즐거움을 얻을 수 있으며 교양을 갖춘 인간다운 인간이 될 수 있다고 말하기 시작했다.

"그런데 일반 대중이 과연 그 뜻을 이해할 수 있을까요?" 그녀는 말하곤 했다. "그들은 광대만을 원해요. 어제 『파우스트』 패러디를 공연했더니 객석이 텅텅 비었어요. 만일 우리 그이 바니치카와 내가 저속한 신파를 공연했다면 분명히 대만원이었을 거예요. 내일 바니치카와 나는 〈지옥에서의 오르페우스〉를 공연해요. 꼭 와서 보세요."

그녀는 연극과 배우들에 대해 쿠킨이 한 말을 그대로 되풀이하곤 했다. 그녀는 남편과 마찬가지로 대중의 무지와 예술에 대한 무관심을 경멸했다. 그녀는 리허설을 참관하며 배우들의 연기를 수정해주었고 악사들의 몸짓을 감독했으며 지방 신문에 혹평이라도 나오면 눈물을 흘렸고 직접 신문사로 찾아가 따지기도 했다.

배우들은 그녀를 좋아했으며 그녀를 '바니치카와 나'라든가

'귀여운 여인'이라고 불렀다. 그녀는 그들을 가엾게 여겨서 그들에게 소액의 돈을 빌려주기도 했다. 어쩌다 그들이 약속을 지키지 않아도 그녀는 남몰래 눈물을 흘릴 뿐 남편에게 고자질하지 않았다.

부부는 겨울에도 잘 지냈다. 그들은 겨우내 시내에 있는 극장을 세 낸 다음, 기간을 나누어 소러시아 극단이나 마술사, 혹은 지방 극단에 다시 빌려주었다. 올렌카는 점점 살이 오르고 늘 흡족한 표정이었지만 쿠킨은 점점 더 야위어 갔고 혈색이 누렇게 되었다. 그리고 겨우내 경기가 좋았음에도 불구하고 손해가 막심하다며 불평을 그치지 않았다. 그는 밤에는 기침을 했고 그녀는 그에게 뜨거운 라즈베리 차나 라임꽃을 달인 차를 먹이거나 오데콜롱 마사지를 해주고 숄로 그를 따뜻하게 감싸주었다.

"당신은 정말 좋은 사람이에요." 그녀는 남편의 머리를 쓰다듬으며 진심이 담긴 목소리로 말하곤 했다. "정말 좋은 사람이야."

사순절 기간에 쿠킨은 새 극단 단원을 모집하기 위해 모스크바로 떠났다. 그가 없는 동안 그녀는 잠을 이루지 못하고 밤새 창가에 앉아 별을 바라보았다. 그녀는 자신이 닭장에 수탉이 없으면 공연히 불안해서 밤새 깨어 있는 암탉 같다고 생각했다.

쿠킨은 꽤 오래 모스크바에 붙들려 있었다. 그는 부활절 정도에는 돌아갈 수 있을 것 같다며 극장 일에 대해 이런저런 부탁을 담은 편지를 보내왔다. 그런데 부활절을 앞둔 어느 일요일 늦은 밤, 갑자기 문을 거세게 두드리는 소리가 났다. 뭔가 불길했다. 마치 누군가가 망치로 커다란 나무통을 쿵쿵! 두들겨 대는 것 같았다. 아직 잠이 덜 깬 식모가 맨발로 진흙탕을 질척거리면서 뛰어나가 문을 열어주었다.

"문 좀 열어주세요." 누군가 밖에서 낮고 굵은 목소리로 말했다. "전봅니다."

올렌카는 전에도 남편에게서 전보를 받은 적이 있었다. 하지만 이번에는 왠지 두려움에 온몸이 굳는 것 같았다. 그녀는 떨리는 손으로 전보를 열어보았다. 전보에는 다음과 같은 내용이 적혀 있었다.

이반 페트로비치 금일 돌연 사망. 화요일 장례식. 연락 바람.

올렌카는 전보 내용을 이해할 수 없었다. 발신인은 오페라 극단의 무대 감독이었다.

"오, 여보!" 올렌카는 흐느꼈다. "나의 소중한 바니치카! 오, 여보! 내가 왜 당신을 만났던가요! 왜 당신을 알고 사랑하게 되었나요! 오, 이 불쌍한 올렌카는 이제 당신 없이 혼자가 되었군요!"

쿠킨의 장례식은 화요일 모스크바에서 거행되었고 올렌카는 수요일에 집으로 돌아왔다. 그녀는 집 안으로 들어가자마자 침대에 몸을 던지고 이웃이나 한길에서도 들릴 만큼 큰 소리로 서럽게 울었다.

"가엾기도 해라!" 이웃집 사람들은 성호를 그으며 말했다. "불쌍한 올가 세묘노브나! 이제 어떻게 혼자 지내나!"

그로부터 세 달 후 올렌카가 수심에 차서 미사에서 돌아오는 길이었다. 이웃에 살고 있는 바실리 안드레이치 푸스토발로프가 우연히 그녀와 동행하게 되었다. 그는 바바카예프라는 목재상 주인이었다. 밀짚모자를 쓴 채 하얀 조끼를 입고 금빛 시곗줄을 늘어뜨리고 있는 모습이 상인이라기보다는 차라리 시골 지주 같은 모습이었다.

그가 올렌카에게 진지하게 말했다. 동정 어린 목소리였다.

"올가 세묘노브나, 세상 모든 일은 주님의 뜻에 달려 있습니다. 누군가 사랑하는 사람이 죽었다고 하더라도 그것은 분명 주님의 뜻입니다. 굳게 마음먹고 슬픔을 이겨내는 것이 주님의 뜻을 따르는 길입니다."

올렌카를 대문까지 바래다준 그는 작별 인사를 하고 돌아갔다. 이후로 그의 침착하고 위엄 있는 음성이 그녀의 귓가를 떠나지 않았고 눈을 감으면 그의 짙은 턱수염이 떠올랐다. 올렌카는 그를 매우 좋아하게 되었다. 그도 그녀에게서 좋은 인상을 받은 것이 틀림없었다. 그로부터 얼마 지나지 않아 그녀와 별로 안면이 익지 않은 한 중년 부인이 커피를 마시러 그녀의 집으로 찾아온 것이다. 부인은 자리에 앉자마자 푸스토발로프에 대한 이야기를 꺼냈다. 그는 정말 믿고 의지할 만한 훌륭한 사람이며 그와 결혼하고 싶어 하는 여자들이 줄을 서 있다는 것이었다.

사흘 후 푸스토발로프가 직접 찾아왔다. 그는 단 10분밖에 머물지 않았으며 이야기도 길게 하지 않았다. 하지만 올렌카는 그를 사랑하게 되었다. 그에게 너무나 반해서 밤새 잠을 이루지 못하고 열에 들떠 있을 정도였다. 아침에 눈을 뜨자마자 올렌카는 중년 여인을 부르라고 사람을 보냈다. 서둘러 혼담이 오갔고 결혼식도 치렀다.

결혼 후 두 사람은 아주 행복하게 잘 지냈다. 남편은 점심시간까지는 사무실에 있었다. 그가 업무차 외출하면 올렌카가 그를 대신해 자리에 앉아 저녁때까지 장부를 정리하고 주문을 받았다.

"목재가 점점 귀해져서 해마다 20%씩 값이 오른답니다." 그녀는 고객이나 친지들에게 말하곤 했다. "아, 우리 지방 목재만을 판다고 생각해보세요. 그래서 이제 그이가 모길레프스카야 현까지 가서 목재를 구해 온답니다. 어휴, 그런데 그 운임이!" 올렌카는 너무 놀랍다는 듯 두 손으로 뺨을 감싸며 덧붙였다. "운임은, 정말이지……!"

그녀는 마치 아주 오랜 세월에 걸쳐 목재 사업에 종사해온 것 같은 기분이었고 삶에서 가장 중요하고 필수적인 것도 목재로 보였다. 그리고 '통나무', '기둥', '대들보', '지주', '각재', '널빤지', '오리목' 등등의 단어들이 너무 친근하고 익숙하게 여겨졌다.

밤에 잠을 잘 때면 그녀는 꿈속에서 차곡차곡 쌓아놓은 널빤지 더미를 보았고, 목재를 어디론가 멀리 실어 나르는 기나긴 마차 행렬을 보았다. 또한 두께 15센티미터, 높이 12미터의 널빤지들이 마치 병사들처럼 곧추서서 목재 창고로 행진하는 꿈을 꾸었다. 때로는 통나무, 들보, 판자 들이 무너져 내렸다가 다시 곧추서서 차곡차곡 쌓이는 꿈도 꾸었다. 그러면 잠을 자다가 소리를 질렀고 남편 푸스토발로프가 다정하게 속삭였다.

"여보, 왜 그래? 자, 어서 성호를 그어요."

남편의 생각은 곧 그녀의 생각이었다. 남편이 방이 너무 덥다고 생각하면 그녀도 똑같이 생각했다. 남편이 요즘 경기가 안 좋다고 생각하면 그것은 곧바로 그녀의 생각이 되었다. 남편은 여흥거리에는 관심이 없어 휴일이면 집에만 틀어박혀 있었고 그녀도 마찬가지였다.

"얘, 어떻게 그렇게 집하고 가게에만 있니?"라고 그녀의 친구들이 그녀에게 말하곤 했다. "가끔 극장에 가거나 서커스 구경을 가야 하지 않니?"

그러면 그녀는 조용히 대답했다.

"그이나 나나 극장에 갈 시간이 없어. 그런 쓸데없는 데 신경 쓸 시간이 어디 있니? 도대체 극장 따위가 무슨 소용이 있어?"

토요일이면 부부는 저녁 예배에 나갔고 일요일이면 미사를 보고난 후 경건한 표정으로 어깨를 나란히 한 채 집으로 돌아왔다. 부부 둘 모두에게서 달콤한 향수 냄새가 풍겼고 사각사각 비단 옷 스치는 소리가 기분 좋게 들렸다. 집에 도착하면 그들은 온갖 종류의 잼을 바른 맛있는 빵을 먹고 차를 마셨으며, 파이를 먹었다. 매일 12시가 되면 야채수프 냄새와 양고기, 오리고기 굽는 냄새가 마당으로부터 흘러나왔으며, 육식을 금하는 날에는 생선 굽는 냄새가 퍼져 그 집 앞을 지나는 사람은 군침을 흘릴 수밖에 없었다. 사무실에서는 언제나 사모바르(차 주전자)가 끓고 있었고 손님들은 차와 비스킷을 대접받았다. 부부는 일주일에 한 번 함께 목욕탕에 갔으며 둘 다 홍조를 띤 채 나란히 집으로 돌아왔다.

"정말이지 하느님 덕분에 잘 지내고 있답니다." 올렌카는 지인들에게 말하곤 했다. "다른 사람들도 모두 우리들처럼 행복했으면 좋겠어요."

푸스토발로프가 목재를 사러 모길레프스카야 현으로 출장을 가면 그녀는 남편이 너무 보고 싶어서 밤에도 잠을 자지 않고 훌쩍거렸다. 그럴 때면 그 집에 세 들어 사는 스미르닌이라는 젊은 군 수의관이 밤에 그녀를 찾아오곤 했다. 그는 그녀에게 이런저런 이야기를 들려주기도 했고, 함께 카드놀이를 하기도 했다. 남편이 없는 동안 그녀의 유일한 위안거리였다.

그녀는 특히 그가 들려주는 그의 가정사에 흥미가 있었다. 군 수의관은 결혼했고 어린 아들도 있지만 아내가 부정한 짓을 저질러서 별거 중이라고 했다. 지금 그는 아내를 미워하고 있으며 아들 양육비로 한 달에 40루블씩 보내준다고 했다. 그의 이야기를 들으면서 그녀는 한숨을 내쉬었고 고개를 가로저었다. 그가 딱하게 여겨졌던 것이다.

"하느님께서 보살펴주실 거예요." 그와 헤어질 때 그녀는 촛불을 들고 계단 아래까지 배웅하면서 말하곤 했다. "이렇게 저를 달래려 와주셔서 감사해요. 성모 마리아께서 당신의 건강을 지켜주시길……."

그녀는 남편을 흉내 내어 언제고 침착하고 위엄 있게, 그리고 사려 깊게 말했다. 수의관이 아래층 문 뒤로 자취를 감추고 사라지기 전에 그녀는 다시 한 번 그를 불러 세우고 말했다.

"있잖아요, 블라디미르 플라토니치 씨, 부인과 화해하는 게 옳을 거예요. 아들을 위해서라도 그녀를 용서해야 해요. 아무리 어려도 아들도 다 알고 있을 거예요."

푸스토발로프가 돌아오자 그녀는 수의관과 그의 불행한 가정생활 이야기를 소곤소곤 들려주었다. 부부는 고개를 저으며 한숨을 내쉬었고, 아이가 얼마나 아버지를 보고 싶어 하겠느냐며 아이를 동정했다. 그러더니 부부는 이상한 연상 작용에 의해 성상 앞에 무릎을 꿇고 자기들에게도 자식을 달라고 하느님께 기도했다.

그런 식으로 부부는 사랑과 조화 속에서 매우 평화롭고 조용하게 6년의 세월을 보냈다.

그런데, 아아! 어느 겨울날 푸스토발로프가 사무실에서 뜨거운 차를 마신 후 목재가 반출되는 것을 살피려 모자도 쓰지 않은 채 밖으로 나갔다가 감기에 걸려 앓아눕고 말았다. 유능한 의사들이 최선을 다해 그를 보살폈지만 그의 병이 점점 악화되더니 네 달 동안 누워 앓다가 세상을 뜨고 말았다. 올렌카는 다시 한 번 과부가 된 것이다.

"여보, 나 혼자 남겨 두고 어디로 간단 말이에요!" 장례식 후 그녀는 통곡하며 말했다. "당신 없이 어떻게 살아요! 아, 나처럼 불쌍한 여자가 또 있을까요! 이웃분들, 저를 불쌍히 여겨주세요. 이제 이 세상에 저 혼자예요!"

그녀는 상장(喪章)이 달린 검은 옷을 입고, 모자와 장갑은 절대로 끼지 않고 다녔다. 그녀는 교회와 남편의 무덤에 가는 일 외에는 거의 외출을 하지 않은 채 마치 수녀처럼 지냈다. 그녀는 6개월이 지나서야 상복을 벗고 덧창문을 열었다. 가끔 아침에 식모와 함께 식료품을 사러 시장에 가는 모습이 사람들 눈에 띄기는 했지만 집안에 무슨 일이 있는지, 그녀가 어떻게 지내고 있는지는 오로지 추측만 할 수 있을 뿐이었다. 사람들은 그녀가 정원에서 수의관과 함께 차를 마시거나, 그가 그녀에게 큰 소리로 신문을 읽어주는 모습을 보고, 혹은 우체국에서 그녀를 만난 어느 부인으로부터 올렌카에게서 들었다는 말을 전해 듣고 어렴풋이 짐작할 수 있을 뿐이었다. 그녀가 들었다는 올렌카의 말은 다음과 같았다.

"우리 마을에는 가축 검역이 제대로 이루어지지 않고 있어요. 그래서 전염병이 퍼지는 거예요. 우유 때문에 병에 걸리거나, 말과 소를 통해 사람들이 질병에 걸릴 수 있다는 건 알만도 한데……. 사람들의 건강 못지않게 가축들의 건강에 대해서도 신경을 써야 해요."

그녀는 수의관의 말을 그대로 되풀이 했고 매사에 그와 의견이 같았다. 그녀는 분명 단 1년도 누군가를 사랑하지 않고는 살아갈 수 없는 여자였다. 그리고 자기 집 별채에서 새로운 행복을 찾은 것이다. 만일 다른 사람에게 그런 일이 벌어졌다면 비난을 받았을 것이다. 하지만 그 누구도 올렌카를 나쁘게 보지 않았다. 그녀에게는 너무나 당연한 일로 여겨졌던 것이다.

사실 수의관도 올렌카 자신도 그들 간의 관계 변화에 대해 입 밖에 내지 않았고 가능한 한 감추려 했다. 하지만 뜻대로 되지 않았다. 올렌카 자신이 비밀을 지키지 못했던 것이다. 수의관과 같은 부대에 근무하는 사람들이 방문하면 그녀는 차와 식사를 대접하면서 가축 전염병에 대해, 가축의 발과 입에 걸리

는 질병에 대해, 마을 도살장에 대해 이야기를 시작했다. 수의
관은 너무 당황했고, 손님들이 가고 나면 그녀의 손을 잡고 화
를 내며 꾸짖었다.

"잘 알지도 못하는 일을 떠벌리지 말아달라고 했잖소. 우리
수의사들끼리 이야기할 때는 좀 끼어들지 않았으면 좋겠소. 정
말 난처하단 말이오."

그러면 그녀는 놀란 눈으로 그를 바라보다가 낙담한 표정으
로 조심스럽게 물었다.

"그렇다면 볼로치카, 제가 무슨 말을 해야 돼요?"

그런 후 그녀는 눈물을 글썽이며 그를 껴안은 채 제발 화내
지 말아달라고 말했고 그러면 둘은 금세 행복해졌다.

하지만 그 행복도 그리 오래 가지 못했다. 수의관이 소속 부
대와 함께 아주 먼 곳으로, 아마도 시베리아 같은 곳으로 영영
떠나버린 것이다. 올렌카는 또다시 홀로 된 것이다.

이제 그녀는 완벽한 외톨이가 되었다. 아버지는 오래전에 돌
아가셨고 그가 앉아 있던 안락의자는 다리가 하나 부러진 채
먼지를 뒤집어쓰고 다락방에 처박혀 있었다. 그녀는 점점 살이
빠졌고 얼굴에서도 귀여운 모습이 사라졌다. 길에서 그녀를 만
난 사람들도 이제는 더 이상 전처럼 그녀에게 눈길을 주지도

않았고 그녀를 향해 미소를 짓지 않았다. 분명 그녀의 전성 시절은 지나간 추억이 되어버렸으며 그녀가 꿈조차 꾸지 않았던 낯선 새로운 생활이 그녀를 기다리고 있었다.

저녁이면 올렌카는 현관 계단에 앉아 있곤 했다. 티볼리 야외극장에서 음악 소리와 폭죽이 터지는 소리가 들려왔다. 하지만 그 소리들이 이제는 그녀에게 아무런 감흥도 불러일으키지 않았다. 아무 생각도 없이, 아무 소망도 없이 그저 멍하니 텅 빈 정원을 바라보고 있을 뿐이었다. 그러다가 밤이 되면 잠자리에 들었고 꿈속에 그 텅 빈 정원이 나타났다. 그녀는 마지못한 듯 억지로 먹고 마셨다.

그녀에게 가장 불행했던 것은 이제 그녀가 자신의 의견을 갖지 못하게 되었다는 사실이었다. 그녀도 주변의 사물들을 보았고 자기가 무엇을 보고 있는지 알았다. 하지만 그녀는 그것들에 대해 자신의 의견을 가질 수 없었고 그것들에 대해 무슨 이야기를 해야 할지 알 수 없었다. 자신의 의견을 가질 수 없다는 건 그 얼마나 무서운 일인가!

예를 들어 병이 놓여 있거나 비가 오거나 달구지를 타고 가는 농부를 보았다고 해도 병이 왜 거기 놓여 있는 것인지, 비가 왜 오는지, 농부가 왜 달구지를 타고 가는지, 도대체 그 의미를 알 수 없었고 이야기할 수도 없었다. 설사 1,000루블의 돈을 준다고 해도 아무 말도 할 수 없었을 것이다. 쿠킨과 푸스투발로프, 혹은 수의관과 함께 있을 때면 올렌카는 모든 것을 설명할 수 있었으며 그 어떤 것에 관해서건 자신의 의견을 말할 수 있었다. 하지만 지금은 마치 저 텅 비어버린 마당처럼 그녀의 머리도, 그녀의 가슴도 텅 비어 있었다. 그리고 그것은 마치 입안에 쓴 쑥이라도 씹고 있는 것처럼 모질고 쓰린 일이었다.

마을은 차츰차츰 사방으로 뻗어나가 좁던 길이 이제 큰 거리가 되었고 티볼리 야외극장과 목재상이 있던 곳에 새롭게 길모퉁이들이 생겼고 새로운 집들이 들어섰다. 아, 세월은 얼마나 빨리 흘러가는 것인지!

올렌카의 집은 점점 더 추레해졌고 지붕은 녹이 슬고 헛간은 한쪽이 기울어졌으며 뜰에는 잡초가 무성했다. 올렌카도 점점 더 나이 들고 얼굴도 추해졌다. 여름이면 그녀는 전과 마찬가지로 허전하고 쓰린 마음으로 현관 계단에 앉아 있었다. 그리고 겨울이면 창가에 앉아 내리는 눈을 바라보았다. 봄 향기가 풍겨오고 교회 종소리가 들려오면 갑자기 과거의 기억들이 몰려와 가슴이 메어져 저도 모르게 눈물이 흘렀다. 하지만 그것도 잠깐뿐이었고 그녀는 다시 공허감에, 삶의 무상함에 사로잡했다.

검은 고양이 브리스카가 그녀에게 몸을 비비며 부드럽게 가르랑거렸지만 고양이의 응석도 그녀의 마음을 달래주지는 못했다. 그녀가 원하는 것은 그런 것이 아니었다. 그녀는 자신의 전 존재를, 그녀의 전 영혼과 이성을 사로잡을 사랑이, 그녀에게 생각할 힘을 주고 삶의 목표를 줄 수 있는, 그녀의 피를 다시 따뜻하게 해줄 그런 사랑이 필요했다.

올렌카는 달라붙어 있는 고양이를 옷자락에서 떼어내며 짜증을 냈다.

"저리 가! 너 따위는 필요 없어!"

그렇게 날이 지나고 해가 거듭되어도 아무런 기쁨도 없었고 아무런 주견도 없었다. 그리고 집안 모든 일은 식모 마브라가 하는 대로 내버려두었다.

어느 무더운 7월 저녁 무렵, 들판에 있던 가축들이 흙먼지를 일으키며 집으로 돌아가고 있을 때였다. 누군가가 갑자기 대문을 두드렸다. 직접 대문까지 가서 문을 열어준 올렌카는 밖을 내다본 순간 기절초풍했다. 머리가 희끗희끗한 수의관 스미르닌이 민간복을 입은 채 서 있었던 것이다. 그를 본 순간 그녀에게 모든 기억이 되살아났다. 그녀는 자신도 모르게 그의 가슴에 얼굴을 묻은 채 한 마디 말도 못 하고 흐느꼈다. 하도 흥분해 있었기에 어떻게 둘이 집 안으로 들어왔는지, 어떻게 차 탁자에 앉게 되었는지 전혀 기억이 나지 않을 정도였다.

그녀는 기쁨에 떨리는 목소리로 중얼거렸다.

"오, 사랑하는 블라디미르 플라토니치! 어떻게 이렇게……."

그녀는 말을 채 맺지 못했다. 그러자 수의사가 대답했다.

"이곳에 영원히 정착하러 온 거요. 군에서 제대했소. 정착한 다음 내 힘으로 일해서 살아갈 작정이오. 게다가 아들놈이 학교에 들어갈 나이도 되었고. 다 자랐어요. 그리고…… 실은…… 아내와도 화해했소."

"어디 있어요?" 올렌카가 물었다.

"아들과 함께 여관에 있어요. 지금 셋집을 얻으러 다니는 중이오."

"어머, 무슨 말을! 셋집을 구한다니요? 우리 집이 어때서요? 왜, 여기가 마음에 안 드세요? 집세 같은 건 받지 않겠어요!"

올렌카는 들떠서 큰 소리로 말하더니 다시 눈물을 흘리면서 말했다.

"당신들이 이 집에 살아요. 나는 별채에서 지내도 충분해요. 아아, 정말 너무 기뻐요!"

다음날 올렌카는 일꾼들을 불러 지붕을 칠하고 벽도 하얗게 칠했다. 올렌카는 두 손을 허리에 올린 채 왔다 갔다 하며 일꾼들을 지휘 감독했다. 그녀의 얼굴에 이전의 미소가 떠올랐으며 마치 긴 잠에서 깨어난 것처럼 온몸에 활기가 넘쳤다.

이윽고 수의사의 아내가 아들과 함께 이사를 왔다. 짧은 머리에 성마른 인상의 야위고 못생긴 여자였다. 열 살 먹은 아들의 이름은 사샤였으며 푸른 눈에 오동통하게 살이 쪘고 뺨에 보조개가 있었다. 사샤는 또래의 아이들에 비해 작아 보였다. 사샤는 마당으로 들어서자마자 고양이 뒤를 쫓아다녔고 집 안에는 금세 아이의 쾌활하고 즐거운 웃음소리가 울려 퍼졌다.

"아줌마, 이거 아줌마네 고양이에요?" 아이가 올렌카에게 물었다. "새끼를 낳으면 우리에게 한 마리 주세요. 엄마는 쥐를 엄청 무서워하거든요."

올렌카는 아이와 이야기를 나누며 차를 따라주었다. 그녀의 가슴이 훈훈해졌고 마치 그 애가 자기 자식인 양 달콤한 안달을 부렸다. 밤에 그 애가 식탁에 앉아 복습을 하자 그녀는 애정이 가득한 눈길로 아이를 바라보면서 중얼거렸다.

"귀엽기도 해라……. 내 새끼! …… 어쩜 이렇게 잘생기고 똑똑할까."

"섬은 사면이 바다로 둘러싸인 육지의 한 부분이다."

"섬은 사면이 바다로 둘러싸인……." 그녀가 따라했다. 여러 해 동안 침묵 속에서 아무런 소견 없이 지내온 그녀가 자신 있게 입 밖에 낸 오랜만의 자기 의견이었다.

이제 그녀는 자신만의 의견을 갖게 되었다. 저녁 식사 때면 그녀는 사샤의 부모에게 사샤를 인문계 중학교에 보내라고 말했다. 공부가 어렵긴 해도 인문계 중학교가 실업계 중학교보다는 낫다, 인문계를 나와야 의사건 엔지니어건 직업 선택의 길이 넓게 열려 있지 않느냐는 것이었다.

사샤가 중학교에 다니기 시작했다. 아이의 엄마는 하리코프에 있는 여동생 집에 다녀온다고 가더니 돌아오지 않았고 아버지는 거의 매일 가축 진찰 왕진을 가서 이삼 일씩 집에 들어오지 않는 때도 있었다. 올렌카가 보기에 사샤는 완전히 버림받은 것 같았고 두 사람에게 귀찮은 존재가 된 것처럼 여겨졌다. 그대로 두었다가는 사샤가 굶어죽을지도 모른다고 생각한 올렌카는 사샤를 아예 자기가 지내고 있는 별채로 데려다가 작은 방을 하나 내주었다.

이후 사샤는 6개월 동안 그녀와 함께 별채에서 지냈다. 매일 아침 올렌카는 사샤의 방으로 들어가 한 손으로 뺨을 고이고 얌전하게 잠들어 있는 아이의 모습을 지켜보았다. 아이를 깨우는 게 왠지 안쓰러웠던 것이다.

"사셴카(사샤의 애칭)," 그녀는 애처로운 목소리로 아이를 불렀다. "얘, 아가야, 학교에 가야지."

자리에서 일어난 아이는 옷을 입고 기도문을 외운 다음 식탁에 앉아 세 잔의 차를 마시고, 두 개의 커다란 비스킷과 버터 바른 빵을 반 개쯤 먹었다. 내내 잠이 덜 깬 상태였기에 기분이 썩 좋지는 않았다.

"사셴카, 동화 외우는 숙제 다 못 했지?" 올렌카는 마치 먼 길을 떠나는 자식을 배웅하듯 사샤를 바라보며 말하곤 했다. "얘야, 정말 걱정이다! 열심히 공부해야지. 선생님 말씀도 잘 듣고."

"에이, 아줌마, 그만하세요!"

사샤는 커다란 모자를 쓰고 어깨에 가방을 멘 채 학교를 향해 길을 걸어갔다. 올렌카는 그 뒤를 살금살금 따라갔다.

"사셴카!" 그녀는 사샤를 불러 세우고는 아이의 손에 대추야자나 캐러멜을 쥐어주곤 했다. 학교로 이어지는 길로 접어들면 사샤는 키 크고 뚱뚱한 여자가 자신을 따라오는 게 창피해서 뒤를 돌아 말하곤 했다.

"아줌마, 이제 돌아가요. 나 혼자 갈 수 있어요."

그러면 그녀는 그 자리에 서서 아이가 교문 안으로 사라질 때까지 물끄러미 바라보았다.

아, 그녀는 아이를 얼마나 사랑했는지! 이전의 그 어떤 사랑도 이보다 깊었던 적은 없었다. 이전의 그 어떤 사랑도 이 모성애 본능이 불러일으킨 사랑보다 더 자발적이고 헌신적이며 그녀의 영혼을 기쁨에 넘쳐흐르게 한 적은 없었다. 뺨에 보조개가 있는 이 소년, 커다란 학생모를 쓴 이 소년을 위해서라면 그녀는 기꺼이 자신의 한평생을 기쁨과 애정의 눈물로 바칠 준비가 되어 있었다. 이유가 뭘까? 그 누가 답할 수 있으리오!

사샤의 뒷모습을 끝까지 바라본 후 그녀는 애정이 흘러넘치는 평온한 표정으로 집으로 돌아왔다. 6개월 동안에 한결 젊어진 그녀의 얼굴은 미소로 환하게 빛났다. 거리에서 그녀를 만난 사람들도 덩달아 얼굴이 환해지며 그녀에게 말을 걸었다.

"안녕하세요, 귀여운 올가 세묘노브나! 요즘 어떻게 지내세요?"

"요즘 학교 공부가 점점 어려워지고 있어요." 그녀는 시장에서 말했다. "너무 과해요. 어제는 1학년 애들에게 우화를 외워 오라고 하고 라틴어 번역에 연습 문제까지……. 아직 어린애들인데 너무 심하지 않아요?"

이어서 그녀는 학교 선생님들, 수업, 교과서에 대해 사샤에게서 들은 말을 그대로 옮겨 놓았다.

오후 3시에 그녀와 아이는 함께 점심을 들었다. 저녁에는 낑낑대며 함께 숙제를 했고 예습을 했다. 그녀는 아이를 침대에 눕힌 후에 오랫동안 곁에 서서 성호를 긋고 낮은 목소리로 기도했다. 이어서 그녀는 침대에 누워 아련한 미래에 대해 꿈을 꾸었다.

그녀의 꿈속에서 사샤는 공부를 마치고 의사 혹은 엔지니어가 되었다. 그는 대저택을 소유하고 말들과 마차를 갖게 되고, 결혼해서 아이를 낳고……. 그녀는 그런 꿈에 잠겼다가 잠이 들었다. 그녀의 뺨으로는 눈물이 흘러내렸고, 고양이는 그녀 옆에 누워 가르랑거렸다.

갑자기 거세게 대문 두드리는 소리가 났다.

올렌카는 숨이 멎는 것 같았다. 심장이 마구 뛰었다. 얼마 후 다시 문 두드리는 소리가 났다.

'하코프에서 전보가 온 거야.' 그녀는 온몸을 사시나무 떨듯 떨며 생각했다. '사샤의 엄마가 하코프에서 사람을 보낸 거야……. 아, 이 일을 어쩌면 좋아!'

그녀는 절망했다. 그녀의 머리, 손과 발이 얼어붙었다. 그녀는 자신이 이 세상에서 가장 불행한 여자라고 느꼈다. 그런데 잠시 후 목소리가 들렸다. 수의사가 클럽에서 돌아온 것이다.

"오, 하느님 감사합니다." 그녀의 입에서는 절로 그런 소리가 나왔다.

점차 마음속 무거운 짐이 치워지고 그녀는 다시 편안해졌다. 그녀는 옆방에서 잠들어 있는 사샤 생각을 하며 다시 자리에 누웠다. 이따금 사샤가 꿈이라도 꾸는 듯 잠꼬대를 했다.

"맛 좀 볼래! 저리 꺼져! 입 닥쳐!"

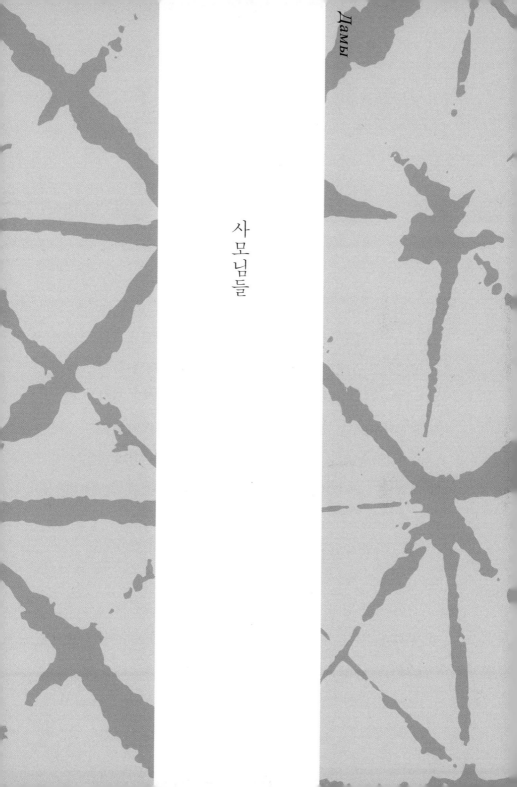

사
모
님
들

사모님들

N도(道)의 중등교육청 교육감인 표도르 페트로비치는 스스로 공평하고 관대한 사람이라고 자부하는 사람이었다. 어느 날그는 그의 사무실에서 브레멘스키라는 학교 선생과 면담을 하고 있었다.

"안 되오, 선생." 그가 말했다. "퇴직할 수밖에 없소. 그 목소리로 교단에 계속 선다는 게 말이 되오? 그런데 대체 어쩌다그렇게 된 거요?"

"땀을 너무 흘린 다음에 찬 맥주를 들이켰더니 그만……." 선생이 잔뜩 쉰 목소리로 말했다.

"저런 딱한 일이! 14년간이나 근무해왔는데 졸지에 그런 변을 당하다니! 허, 그런 하찮은 일로 직업을 잃게 되다니! 그래,

이제 어쩔 셈이오?"

선생은 아무 대답이 없었다.

"가족이 있소?"교육감이 물었다.

"네, 처와 아이가 둘 있습니다."선생이 쉰 목소리로 겨우 대답했다.

이윽고 침묵이 흘렀다. 교육감은 자리에서 일어나더니 당혹스럽다는 듯 사무실 안을 서성였다.

"어쩌면 좋을지 도통 좋은 생각이 안 떠오르는군. 선생 노릇은 할 수 없고, 아직 연금을 받을 때는 되지 않았고……. 그리고 당신을 될 대로 되라고, 당신 스스로 알아서 하라고 내친다는 건 차마 못할 일이고……. 우리는 늘 당신을 우리 사람이나 다름없이 생각해왔고, 게다가 14년이나 근무했으니 당신을 돕는 게 당연한데……. 그런데 어떻게 도와준다? 뭘 해줄 수 있을까? 자, 선생이 내 입장이 되어 생각해보시오. 내가 어떻게 해주면 좋을까?"

다시 침묵이 흘렀다. 교육감은 여전히 방 안을 서성였고 브레멘스키는 풀이 죽은 채 의자 한 귀퉁이에 엉덩이를 걸치고 앉아 생각에 잠겨 있었다. 그런데 갑자기 교육감의 얼굴이 밝아지더니 손가락을 튕겼다. 그가 입을 열더니 빠르게 말했다.

"아니, 왜 그 생각을 못 했던 거지! 자, 들어봐요. 다음 주면 이곳의 사무관 한 명이 퇴직을 해요. 괜찮다면 선생이 그 일을 맡아하면 어떻겠소?"

그런 행운까지는 기대하지 않았던 브레멘스키의 얼굴이 밝아졌다.

교육감이 말을 이었다.

"잘됐어! 자, 오늘 중으로 지원서를 써서 제출하도록 하시오."

브레멘스키를 내보내고 나서 표도르 페트로비치는 안도의 한숨을 내쉬었으며 기쁘기까지 했다. 목이 쉬어버린 학교 선생이 굽실거리는 꼴을 이제 보지 않게 되어 다행이었으며, 빈자리를 브레멘스키에게 줌으로써 관대하고 점잖은 사람으로서 일을 공정하고 양심적으로 처리했다는 자긍심이 들었던 것이다. 하지만 그런 유쾌한 기분은 그다지 오래 가지 못했다. 그가 퇴근해서 식탁 앞에 앉자 아내 나스타샤 이바노브나가 불쑥 말을 꺼낸 것이다.

"어머나, 하마터면 잊을 뻔했네요! 어제 니나 세르게예브나가 찾아왔었어요. 어떤 청년을 부탁한다고 했어요. 중등교육청에 자리가 하나 비게 되었다면서요……."

"그렇소. 하지만 그 자리는 이미 다른 사람에게 약속했소."

교육감이 눈살을 찌푸리며 말했다. "그리고 내가 절대로 정실 인사를 하지 않는다는 걸 당신도 잘 알지 않소."

"알아요. 하지만 니나 세르게예브나 부탁인데……. 좀 예외로 하면 안 돼요? 우리에게 친척처럼 잘해주었는데 여태 아무 것도 보답해준 게 없단 말이에요. 그러니, 여보, 뿌리치지 말아요. 당신 성격 때문에 그녀나 나나 상처를 입으면 안 되잖아요."

"그래, 누구를 부탁하는 거요?"

"폴주힌이에요!"

"뭐야, 폴주힌? 새해맞이 파티에서 차츠스키를 연주하던 친구 말이오? 그래, 그 친구란 말이지. 절대 안 돼!"

교육감은 포크와 나이프를 놓으면서 다짐하듯 말했다.

"절대로 안 돼! 어림도 없어!"

"왜 안 된다는 거예요?"

"여보, 생각해봐요. 젊은 친구가 자신이 직접 해결하러 나서지 않고 여자들을 통한다는 게 벌써 싹수가 노란 거 아닌가! 아니, 왜 직접 찾아오지 않는 거야!"

식사를 마친 후 그는 서재 소파에 누워 편지와 신문을 읽기 시작했다. 그중에는 시장 부인에게서 온 편지도 있었다.

경애하는 표도르 페트로비치 님께

언젠가 당신이 저보고 제가 사람의 마음을 잘 읽고 이해할 줄 안다고 말씀하셨지요. 당신의 그 말씀을 증명하실 기회가 왔어요. 제가 알고 있는 K.N. 폴주힌이라는 아주 뛰어난 젊은이가 이삼 일 내로 당신을 찾아가서 교육청의 사무관 자리를 부탁할 거예요. 정말 착실하고 훌륭한 젊은이예요. 한번 만나보시면 금세 확인할 수 있을 겁니다. ……운운…….

편지를 읽은 후 교육감은 되뇌었다.

"절대로 안 돼! 어림도 없지!"

이후 단 하루도 빼놓지 않고 폴주힌을 추천하는 편지가 교육감에게 날아왔다. 그러던 어느 맑은 날 아침 폴주힌이 직접 그의 집으로 찾아왔다. 말끔하게 면도질을 한 건장한 청년으로서 새로 맞춰 입은 검은색 정장을 입고 있었다.

교육감이 그의 청을 듣고 퉁명스럽게 쏘아붙였다.

"업무에 관한 한 집에서 사람을 만나지 않으니 사무실로 찾아오게."

"교육감님, 죄송합니다. 하지만 제가 아는 분들이 모두 댁으로 찾아가 뵈라고 하시기에……."

"흠!"교육감은 혐오의 눈길로 젊은이의 뾰족한 구두 끝을 보며 헛기침을 했다.

교육감이 다시 입을 열었다.

"내가 알기론 자네 부친께선 꽤 여유가 있으신 것 같던데……. 자네 처지가 그리 딱한 것도 아니지 않은가? 도대체 왜 그 자리를 원하는 건가? 봉급이라야 쥐꼬리만큼 밖에 안 될 텐데……."

"봉급 때문이 아니라……. 어쨌든 관청 경험을 해봐야……."

"흠……. 하지만…… 한 달도 못 돼서 싫증 내고 그만두게 될 걸. 반대로 그 자리를 천직으로 알고 구하는 사람들이 많아. 넉넉하지 못한 사람들이라서 그 자리가 그들에게는……."

교육감이 미처 말을 맺기도 전에 젊은이가 말했다.

"교육감님, 절대로 싫증 내지 않을 겁니다. 정말 열심히 일하겠습니다. 맹세합니다."

교육감은 더 이상 듣고 있을 수가 없었다. 그는 경멸하는 듯한 웃음을 띠며 말했다.

"어디 말해보게나. 왜 내게 직접 찾아오지 않고 부인네들에게 부탁할 생각을 한 거지?"

"그 일로 언짢아하실 줄은 몰랐습니다." 폴주힌은 당황해서 황급히 말했다. "하지만 교육감님, 교육감님께서 그런 추천장을 무시하신다면 제게 공식 추천장이…….."

그는 주머니에서 편지를 꺼내어 교육감에게 건네주었다. 손으로 쓴 공문 형식의 추천장 밑에는 분명 도지사의 자필 서명이 있었다. 척 보아도 어떤 사모님이 귀찮게 졸라대는 통에 도지사가 읽어보지도 않고 서명한 것임을 알 수 있었다.

"하는 수 없군! 두 손 들었어……." 교육감은 추천장을 읽고 나서 한숨을 내쉬며 말했다. "내일 지원서를 제출하게……. 할 수 없지……."

폴주힌이 나가자 교육감은 혐오감을 도저히 참을 수가 없었다.

"에이, 교활한 자식!" 그는 씩씩거리며 방 안을 오갔다. "원하는 걸 손에 넣으려고 수단 방법 가리지 않는 놈! 에잇, 변변치 못한 놈! 비겁한 놈! 여자들 꽁무니만 쫓아다니며 알랑거리는 놈! 에잇, 빌어먹을 자식!"

교육감은 방금 폴주힌이 나간 문 쪽을 향해 퉤 하고 침을 뱉었다. 순간 그는 당황할 수밖에 없었다. 바로 그 순간 부인 한 명이 문을 열고 안으로 들어선 것이다. 도청 재무국장 부인이었다.

"잠깐 시간을 내주실 수 있으실지……. 아주 잠깐만……." 부인이 방으로 들어서며 말했다. "자, 앉으셔서 제 이야기 좀 들어주세요……. 자리가 하나 비었다고 들어서……. 오늘 아니면 내일 젊은이 한 명이 찾아 뵐 거예요……. 폴주힌이라고……."

부인이 재잘거리는 동안 교육감은 마치 기절하기 직전인 양 놀라서 얼이 다 빠진 눈으로 그녀를 바라보며 인사치레로 억지 미소를 지었다.

다음 날 브레멘스키가 사무실로 찾아오자 교육감은 그 앞에서 한참 동안 사실을 털어놓지 못하고 망설이고만 있었다. 도무지 머리가 뒤죽박죽인 게 아무 생각도 떠오르지 않았고 무슨 말을 해야 할지 난감하기만 했던 것이다. 그는 선생에게 사과하고 모든 것을 털어놓고 싶었다. 하지만 마치 술에 잔뜩 취한 것처럼 혀가 굳어버려 말이 나오지 않았고 귀까지 시뻘겋게 달아올랐다. 그러자 갑자기 분통이 터져버렸다. 아니, 자기 사무실에서, 그것도 아랫사람 앞에서 이런 말도 안 되는 역할을 맡아야 한다니! 그는 갑자기 주먹으로 책상을 쾅 치며 벌떡 일어나더니 화난 음성으로 소리쳤다.

"자네 자리는 없어! 없다니까! 그게 다야! 제발 나 좀 내버려

사모님들

45

뒤! 그만 괴롭히라고! 날 좀 내버려 둘 수 없냐니까!"

그런 후 그는 사무실 밖으로 나가버렸다.

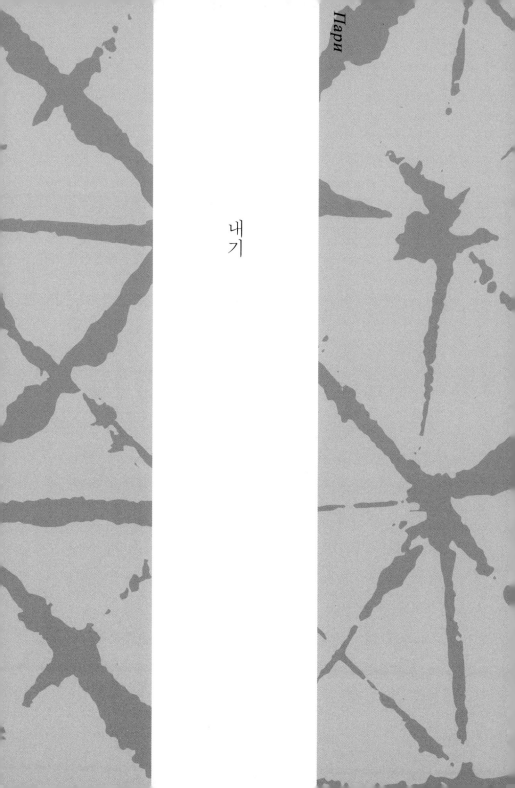

내기

내기

I

어두운 겨울밤이었다. 늙은 은행가가 서재 안을 이 구석에서 저 구석으로 서성이며 자신이 15년 전 가을에 주최했던 파티를 회상하고 있었다. 파티에는 똑똑한 사람들이 많았기에 흥미로운 대화가 오갔다. 대화 중 사형(死刑)이 화제에 올랐다. 학자와 신문 기자가 다수 포함되어 있는 손님들 대부분은 사형에 대해 부정적이었다. 기독교 국가에 어울리지 않을 뿐 아니라 부도덕한 제도라는 것이었다. 그들 중 몇몇은 사형 제도를 종신형 제도로 바꿔야 한다고 주장했다.

그러자 파티 주최자인 은행가가 그들의 말을 반박했다.

"저는 그렇게 생각하지 않습니다. 제가 직접 사형이나 종신형을 경험한 것은 아니지만, 선험적으로 판단해본다면 제 생각으로는 사형제가 종신제보다 훨씬 인간적이고 도덕적으로 보입니다. 사형은 즉각적으로 사람을 죽이지만 종신제는 사람을 서서히 죽입니다. 당신의 목숨을 단번에 빼앗는 형리가 더 인간적일까요, 아니면 서서히 빼앗는 형리가 더 인간적일까요?"

"둘 다 부도덕한 것은 마찬가지입니다." 손님들 중 한 명이 말했다. "둘 다 사람의 목숨을 빼앗는 것이 목적이니까요. 국가는 신이 아닙니다. 도저히 되돌려줄 수 없는 것을 빼앗을 권리가 국가에게는 없습니다."

손님들 중에는 스물댓 살쯤 되어 보이는 젊은 변호사가 있었다. 사람들이 그의 의견을 묻자 그가 말했다.

"사형이나 종신형이나 부도덕한 것은 맞습니다. 하지만 저보고 둘 중 하나를 택하라면 저는 후자를 택할 것입니다. 어떤 식으로건 살아남는 게 아예 사라지는 것보다는 나으니까요."

그러자 활발한 토론이 이어졌다. 아직 젊어서 혈기가 왕성하고 예민했던 은행가는 흥분해서 주먹으로 탁자를 내리치며 변호사에게 고함쳤다.

"거짓말 마시오! 당신이 독방에서 5년간을 견딘다면 내가

200만 루블을 주겠소!"

그러자 변호사가 말했다.

"진심이시지요? 5년이 아니라 15년을 걸고 내기를 할까요?"

"15년? 좋아!" 은행가가 외쳤다. "여러분, 내가 200만 루블을 걸겠소."

"좋습니다. 당신은 200만 루블을 거세요. 나는 내 자유를 걸지요." 변호사가 말했다.

그리하여 이 무모하고도 우스꽝스러운 내기가 시작되었다. 당시 헤아릴 수 없을 정도로 재산이 많았기에 뭐든 제멋대로였고 경솔했던 은행가는 들떠서 제정신이 아니었다.

"이보게, 젊은 친구, 이제라도 늦기 전에 정신을 좀 차려요. 200만 루블이 내게는 아무것도 아니오. 하지만 당신은 인생의 황금기를 삼사 년 잃을 판이오. 내가 삼사 년이라고 말한 건 당신이 더 이상 버티지 못할 것이라고 보기 때문이오. 이 불운한 사람아, 명심해요. 자발적으로 스스로를 감금하는 게 강제로 감금당하는 것보다 훨씬 어려운 법이야. 언제고 스스로 걸어 나갈 수 있다는 생각이 감옥에서의 당신 삶을 갉아먹을걸. 정말 딱한 친구로군."

지금 은행가는 방 안을 이리저리 오가며 그 일을 회상하고 자문했다.

'내가 왜 그런 내기를 했을까? 변호사가 자기 삶에서 15년을 잃어버리거나 내 200만 루블을 던져서 대체 뭘 하려고? 그런 다고 사형이 종신형보다 나쁘다는 걸 사람들에게 증명할 수 있단 말인가? 아니야, 절대 아니야. 잠꼬대 같은 쓸데없는 짓이었지. 나는 순전히 배가 불러서 변덕을 부려본 거고, 변호사는 오로지 돈에 눈이 멀었던 거지.'

그는 그날 파티에서 있었던 일을 계속 떠올렸다.

변호사는 엄중 감시하에 은행가의 집 바깥채 중 한 곳에 감금되기로 결정되었다. 그가 감금되어 있는 동안 바깥채 문턱을 넘을 권리와 사람들을 만날 권리, 사람들의 목소리를 들을 권리와 편지나 신문 등을 받아볼 권리를 박탈하기로 합의를 보았다. 대신 악기를 지니거나 책을 읽고 편지를 쓰는 행위, 술을 마시고 담배를 피울 권리는 부여되었다. 합의에 의하면 이 목적을 위하여 문에 특별히 새로 만들어 놓은 작은 창문을 통해서만 외부와 교류할 수 있었다. 하지만 말을 나누는 것은 금지되어 있었다. 책이나 악기, 술 등 그가 필요로 하는 것은 메모지에

적어서 창문을 통해 무한정 공급받을 수 있었다.

합의문은 이 감금이 엄격한 독방 감금이 될 수 있도록 세세한 사항들을 면밀히 규정했고, 변호사는 1870년 11월 14일 자정부터 1885년 11월 14일 자정까지 감금되게끔 되어 있었다. 그 조건을 위반하려는 그 어떤 경미한 시도도, 예컨대 기한 만료 단 2분 전에 밖으로 나가더라도 은행가는 200만 루블 지불 의무에서 벗어날 수 있었다.

감금 첫 해 변호사는—그의 짧은 메모로 미루어 짐작컨대—외로움과 권태 때문에 고통을 받았다. 그가 갇혀 있는 곳에서는 밤낮으로 피아노 소리가 들렸다. 그는 술과 담배를 사절했다. '술은 욕망을 자극하고 욕망은 수인(囚人)의 최대의 적이다. 또한 혼자 좋은 술을 마시는 것보다 따분한 일은 없다'라고 그는 적었다. 그는 담배가 방 안 공기를 오염시킨다며 거절했다. 감금 첫 해에 변호사는 복잡하게 얽힌 연애를 다룬 소설, 범죄 소설과 공상과학 소설, 코미디물 등등의 가벼운 책만 읽었다.

두 번째 해가 되자 피아노 소리는 더 이상 들리지 않았고 변호사는 고전 서적들만 요구했다. 5년째가 되자 다시 음악 소리가 들렸으며 수감자는 술을 요구했다. 그의 모습을 살펴본 사람들은 그해 내내 그는 먹고 마시고 침대에 누워 있기만 했다는 것이다. 그는 자주 하품을 했으며 공연히 화를 내곤 했다. 그는 책을 읽지 않았다. 그리고 밤에 글을 쓰기 위해 책상에 앉아 있는 때가 잦았다. 그는 밤늦도록 글을 쓰고 아침이면 모든 것을 찢어버렸다. 몇 번에 걸쳐 그가 우는 소리가 들리기도 했다.

6년 반이 지났을 때 그는 언어학, 철학, 역사를 열심히 공부하기 시작했다. 어찌나 탐욕스럽게 공부에 몰두했는지 은행가가 책을 대주기 바쁠 지경이었다. 4년 동안 은행가가 그에게 제공해준 책이 600여 권에 달했다. 그가 그렇게 책에 열정을 바치고 있는 동안 은행가는 수인으로부터 편지를 한 통 받았다.

친애하는 간수님, 당신에게 이 글을 6개 국어로 쓰겠습니다. 이 글을 전문가들에게 보내 읽어보라고 하십시오. 만일 그들이 그 글에서 단 한 자의 오류도 발견하지 못한다면 정원에서 총을 한 발 발사해주기를 부탁드립니다. 그 소리를 들으면 내 노력이 헛수고가 아니라는 것을 내가 확인할 수 있겠지요. 전 세기에 걸쳐 여러 나라의 수많은 천재들이 각기 다른 언어로 발언을 했습니다. 하지만 그 모든 말들 속에는 단 하나의 불꽃이 타오르고 있습니다. 내가 그들을 이해함으로써 얼마나 큰 천상의 행복을 누리고 있는지 당신이 짐작이나 할 수 있을까요!

수인의 요구는 받아들여졌다. 얼마 후 은행가의 지시로 정원에서 두 발의 총성이 울렸다.

10년이 지나자 변호사는 책상 앞에 꼼짝 않고 앉아 오로지 신약성서만을 읽었다. 은행가는 4년 동안 600여 권의 박식한 책을 섭렵한 사람이 1년간 오로지 한 권의 책, 그것도 이해하기 쉬우며 결코 두껍다고 할 수 없는 책에만 몰두해 있는 것을 의아하게 생각했다. 이어서 종교사와 신학에 관한 서적들이 신약성서의 뒤를 이었다.

마지막 2년의 수감 기간 중에 수인은 이것저것 가리지 않고 엄청난 양의 책을 읽었다. 자연과학에 빠져드는가 하면 바이런의 시나 셰익스피어의 작품들을 읽었다. 이어서 화학, 의학 서적들과 본격 소설들, 철학이나 신학에 관한 논문들을 넣어달라는 요구가 뒤따랐다. 그가 책에 몰두하는 모습은 마치 난파선 조각들이 떠다니는 바다에서 목숨을 구하기 위해 이 조각 저 조각에 무턱대고 매달려 헤엄을 치는 모습과 같았다.

Ⅱ

은행가는 지난 15년간 있었던 모든 일들을 회상하며 생각에 잠겨 있었다.

'내일 자정이면 그는 자유를 얻는다. 협정대로 나는 그에게 200만 루블을 지불해야 한다. 그에게 그 돈을 준다면 나는 모든 게 끝장난다. 완전히 파산이다.'

15년 전만 해도 그의 재산은 수백만 루블에 달했다. 하지만 지금은 자신의 수중에 현금이 많은지 아니면 빚이 더 많은지 스스로 묻기도 두려울 지경이었다. 도박과 다름없는 무리한 주식 투자, 위험천만한 투기, 나이가 들어도 좀처럼 버리지 못한 무모한 결정 버릇 등으로 인해 그의 사업은 점차 기울었다. 그 결과 겁 없이 자신만만했던 사업가는 주식 시장 등락에 안절부절못하는 평범한 은행가로 전락하고 말았다.

"망할 놈의 그 내기!" 그는 절망으로 머리를 감싸며 중얼거렸다. "저자가 왜 죽지 않은 거지? 저자는 마흔 살 밖에 안 되었어. 그런 놈이 내 마지막 한 푼까지 긁어가서 결혼을 하고 주식 투자를 하며 인생을 즐기겠지. 나는 게걸스러운 거지처럼 그를 올려다보며 매일 똑같은 소리를 듣게 될 거야. '내가 행복하게 지낼 수 있는 건 다 당신 덕입니다. 도와드리겠습니다.' 아니야, 절대 그럴 수 없어! 파산과 치욕에서 벗어날 수 있는 유일한 길은 놈을 죽이는 거야."

시계가 3시를 쳤다. 은행가는 귀를 기울였다. 집 안에 있는 사람들은 모두 잠들어 있었고 창밖에서 얼어붙은 나무들이 바람에 윙윙거리는 소리만 들려올 뿐이었다. 그는 소리를 죽여 15년간 한 번도 사용한 적이 없는 바깥채의 열쇠를 금고에서 꺼냈다. 그는 외투를 걸치고 밖으로 나갔다. 뜰은 어둡고 추웠다. 비가 내리고 있었다. 습기 찬 바람이 윙윙거리며 매섭게 불어와 나무들을 쉴 새 없이 흔들어댔다. 은행가는 눈을 부릅떴지만 지면이고 흰 석상이고 바깥채고 나무고 분간이 되지 않았다.

바깥채로 다가간 그는 감시인을 두 번 불렀다. 대답이 없었다. 날씨가 나쁜 탓에 부엌이나 온실로 피신해서 잠들어 있는 것이 분명했다.

이제 노인이 된 은행가가 생각했다.

'내가 용기를 내서 이 일을 해낸다면 그 누구보다 감시인이 의심을 받게 되겠지.'

그는 어둠 속에서 더듬더듬 계단과 문을 찾아낸 다음 별채 현관으로 들어섰다. 이어서 그는 좁은 복도 안으로 살금살금

들어가서 성냥을 켰다. 아무도 없었다. 시트도 깔리지 않은 침대가 하나 놓여 있었으며 구석에 쇠 난로가 하나 놓여 있는 것이 보였다. 수인의 방으로 들어가는 문에 붙여 놓은 봉인(封印)은 멀쩡하게 그대로 있었다.

성냥불이 꺼지자 은행가는 흥분해서 몸을 떨며 창문 안을 들여다보았다.

감방 안에는 어슴푸레한 촛불 하나가 켜져 있었다. 수인은 책상 앞에 앉아 있었다. 돌아앉아 있었기에 등과 머리카락과 손만 겨우 보일 뿐이었다. 펼쳐진 책들이 책상 위에, 두 개의 의자들 위에, 책상 근처의 카펫 위에 나뒹굴고 있었다.

약 5분가량이 흘렀지만 수인은 꼼짝도 하지 않았다. 15년간의 감금 생활 덕분에 꼼짝 않고 앉아 있는 법을 터득한 것 같았다. 은행가는 손가락으로 창문을 톡톡 두드렸다. 하지만 수인은 미동도 없었다. 그러자 은행가는 조심스럽게 봉인을 찢어버리고 구멍에 열쇠를 넣었다. 녹슨 자물쇠에서 삐걱거리는 불쾌한 소리가 났고 문도 삐걱거렸다. 은행가는 놀란 비명 소리와 발소리를 곧바로 듣게 되리라고 예상하고 있었다. 약 3분 정도가 흘렀지만 방 안은 여전히 조용하기만 했다. 그는 안으로 들어가기로 마음먹었다.

책상 앞에 한 남자가 앉아 있었다. 하지만 여느 인간과는 전혀 다른 사람이었다. 마치 해골 위에 살가죽을 입혀 놓은 다음 여자처럼 치렁치렁한 머리칼을 씌워놓고 턱수염을 달아 놓은 것 같았다. 얼굴은 흙빛으로 누렇게 떠 있었으며 양 볼은 움푹 들어가 있었다. 등은 길고 가늘었으며 머리를 받치고 있는 팔은 어찌나 앙상하고 뼈 가죽만 남았는지 보기가 역겨울 정도였다. 머리칼은 이미 반백이었으며 늙어서 초췌해진 그 얼굴을 보고 그 누구도 그가 아직 마흔 살밖에 되지 않았다는 사실을 도저히 믿을 수 없을 정도였다. 고개를 숙이고 있는 그 앞 책상 위에는 종이가 한 장 놓여 있었고 깨알 같은 글씨로 무언가 적혀 있었다.

'불쌍한 인간,' 은행가는 생각했다. '자면서 백만장자가 되는 꿈을 꾸고 있겠군. 이 반송장을 침대에 던진 다음 베개로 잠시 누르면 그만이야. 아무리 세심하게 조사를 한다 해도 자연사한 것으로 보일걸. 하지만 그전에 대체 무슨 이야기를 끼적였는지 봐야겠군.'

은행가는 책상 위에 있던 종이를 집어 들고 읽기 시작했다.

내일 밤 자정이면 나는 자유를 얻고 사람들과 지낼 수 있게 된다. 하지만 이 방을 떠나 해를 다시 보기 전에 여러분에게 몇 마디 해줄 필요성을 느낀다. 나의 떳떳한 양심을 걸고, 또한 나를 지켜보시는 하느님 앞에서 나는 자유와 생명, 건강을 비롯해 당신들이 쓴 책에서 지상의 축복이라고 일컫고 있는 모든 것을 경멸한다고 선언한다.

15년에 걸쳐 나는 열심히 지상에서의 삶에 대해 연구했다. 사실, 나는 그동안 땅을 밟지 못했고 사람들도 만나지 못했다. 대신 당신들이 쓴 책에서 향기로운 포도주를 마셨고 노래를 불렀으며 숲에서 사슴과 멧돼지를 사냥했고 여성들을 사랑했다. 천재 시인들의 마술에 의해 창조된 아름다운 여인들이 마치 영묘(靈妙)한 구름처럼 밤이면 내게 찾아와 멋진 이야기를 속삭였으며 나는 그 이야기에 취했다.

당신들의 책 속에서 나는 엘브루즈산과 몽블랑산에 올라 아침 해돋이를 감상했고 저녁에 하늘과 태양과 산 정상이 자줏빛 황금색으로 물드는 것을 보았다. 나는 그것들 위로 번개가 구름을 가르며 번쩍이는 것을 보았다. 나는 푸르른 숲들, 들판들, 강들, 호수들, 도시들을 보았다. 나는 사이렌의 노랫소리와 목동들의 피리 소리를 들었다. 나는 내게 날아와 신에 대해 이야기하는 아름다운 악마들의 날개를 만지기도 했다. 당신들의 책 속에서 나는 바닥 모를 심연에 몸을 던지기도 했고 기적을 행했으며 살인을 하고 도시를 불태워 잿더미로 만들었으며 새로운 종교를 설파하고 전 세계를 정복하기도 했다.

당신들의 책은 내게 지혜를 주었다. 수세기에 걸쳐 인간이 이룩해 낸 모든 사상들이 내 두개골 안에 응축되어 쌓였다. 나는 내가 그대들 모두보다 현명하다는 것을 알고 있다.

그런데 나는 그대들의 책들을 경멸하고 이 세상 모든 축복과 지혜를 경멸한다. 모든 것들이 헛되고 덧없으며 마치 신기루처럼 환영(幻影)에 불과하고 우리를 기만에 빠지게 만들 뿐이다. 그대들이 아무리 자부심이 강하고 현명하며 아름답다 할지라도 죽음이 그대들을 마치 땅 밑의 쥐들처럼 이 지상에서 쓸어버릴 것이다. 그리고 그대들의 후세, 그대들의 역사, 천재들의 불멸의 업적 또한 마치 용암처럼 꽁꽁 얼어붙어버리거나 지구와 함께 불타서 사라질 것이다.

당신들은 미쳤고 길을 잘못 들었다. 당신들은 그릇된 것을 참으로 받아들이고 추한 것을 아름답다고 하고 있다. 만일 사과나무나 오렌지나무에 과일이 열리는 대신 갑자기 개구리나 도마뱀이 열리게 된다면, 혹은 장미꽃에서 말의 땀 냄새가 나게 되면 여러분은 놀랄 것이다. 그러니 하늘을 땅으로 바꿔버린 그대들에게 내가 어찌 놀라지 않을 수 있겠는가! 물론 여러분들을 납득하게 만들고 싶은 생각은 없다.

나는 내가 당신들의 삶의 방식을 얼마나 경멸하는지 행동으로 보여주겠다. 나는 내가 한때 천국처럼 꿈꾸었던 200만 루블, 하지만 지금은 혐오하는 그 돈을 포기하겠다. 나는 그 돈에 대한 나의 권리를 스스로 포기한다. 나는 약정 기간 만료 5분 전에 이곳에서 나가겠다. 그럼으로써 나는 계약을 위반하는 셈이 되는 것이다.

은행가는 읽기를 마치자 종이를 책상 위에 놓은 뒤 이 기인 (奇人)의 머리에 입을 맞추고 울기 시작했다. 그는 별채에서 나갔다. 그는 그동안 한 번도 느껴보지 않았던, 심지어 주식 투자에서 거액을 날렸을 때도 느끼지 못했던, 스스로에 대한 경멸감을 느꼈다. 집으로 돌아오자 그는 침대에 누웠다. 하지만 흥분 때문에, 흐르는 눈물 때문에 오랫동안 잠을 이루지 못했다.

다음 날 아침 감시인이 그에게 달려와 바깥채에 살던 남자가 창문을 통해 뜰로 나오더니 대문 밖으로 사라졌다고 보고했다. 은행가는 하인들과 함께 곧장 바깥채로 달려가 죄수가 탈출했음을 확인했다. 불필요한 뒷이야기가 퍼지는 것을 막기 위해 그는 책상에서 포기 의사가 적힌 종이를 자기 방으로 들고 와서 금고에 넣고 잠갔다.

어느 관리의 죽음

어느 관리의 죽음

　어느 화창한 날 저녁, 날씨 못지않게 밝고 멋지게 차려 입은 정부 관리 이반 드미트리치 체르뱌코프가 극장 1등석 두 번째 열에 앉아 오페라글라스로 오페레타 〈코르네빌의 종〉을 관람하고 있었다. 그는 행복의 절정을 맛보며 무대를 응시하고 있었다. 그런데 갑자기……—소설 속에서는 이 '그런데 갑자기'라는 표현이 자주 나온다. 작가들이 옳다. 인생은 깜짝 놀랄 만한 일로 가득 차 있지 않은가!—갑자기 그가 얼굴을 찡그리더니 눈을 보이지 않을 정도로 가늘게 뜨고는 숨을 멈추었다. 이어서 오페라글라스를 눈에서 떼고는 몸을 숙였다. 이어서……
　"에춰!" 하고 보란 듯이 재채기를 해버렸다.
　그 누가 어디서 재채기를 하건 비난받을 일은 아니다. 농부도 재채기를 하고 경찰서장도 재채기를 하며 정부 요직의 아주 높으신 분도 재채기를 한다. 누구나 재채기를 한다. 체르뱌코프는 조금도 당황하지 않았다. 그는 손수건으로 얼굴을 닦으며 예의 바른 사람답게 혹시 자기가 재채기를 해서 그 누군가에게 폐를 끼치지는 않았는지 둘러보았다. 그런데 순간 그는 당황하고 말았다. 일등석 첫 번째 줄에 앉아 있는 노신사 한 명이 장갑으로 대머리와 목을 조심스럽게 닦으면서 뭐라고 투덜대고 있는 것이 아닌가! 그는 그 노신사가 누구인지 금세 알아차렸다. 노신사는 교통부에 근무하고 있는 민간부문 담당 총책 브리잘로프 장군이었다.

'저분에게 침이 튀다니.' 체르뱌코프는 생각했다. '저분이 내 근무 부서의 우두머리는 아니지만 그냥 넘길 수 없는 짓을 저질른 거야. 사과해야겠다.'

체르뱌코프는 헛기침을 한 후 온몸을 앞으로 숙여 브리잘로프의 귀에 대고 속삭였다.

"각하, 죄송합니다. 제가 실수로 그만 침을……."

"아, 괜찮소, 괜찮아요."

"제발 용서해주십시오……. 본의 아니게 그만……."

"제발 자리에 좀 앉아요! 공연 좀 봅시다!"

체르뱌코프는 당황해서 멍청한 미소를 지은 채 무대를 바라보았다. 그는 공연을 보면서도 더 이상 조금 전처럼 행복한 기분이 아니었다. 불안감에 시달리기 시작한 것이다. 그는 중간 휴식 시간에 브리잘로프에게 다가가서 주변을 서성거리다가 겨우 용기를 내서 더듬더듬 말했다.

"각하, 침을 튀겨서 정말 죄송합니다······. 제발 용서해주시기를······. 저는 그저······ 일부러 그런 게 아니라······."

"아, 됐어요, 됐어. 난 다 잊었는데, 뭐 때문에 그 이야기를 또······."

장군은 그 말을 하면서 참을 수 없다는 듯 아랫입술을 바르르 떨었다.

'잊었다곤 했지만 눈에는 화난 기색이 역력해.' 체르뱌코프는 의심스러운 눈길을 장군에게 보내면서 생각했다. '말도 더 나누기 싫어하잖아. 납득시켜드려야 해······. 정말로 아무 의도도 없었다는 걸······. 재채기는 자연의 순리라는 걸······. 그러지 않으면 내가 일부러 침을 뱉었다고 생각할걸. 지금은 그렇게 생각하지 않더라도 나중에는 그렇게 될 거야.'

집으로 돌아오자 체르뱌코프는 아내에게 자신의 무례한 행동에 대해 말해주었다. 그는 아내가 그 사건을 별것 아닌 일로

여기는 것을 보고 놀랐다. 그녀는 약간 놀라긴 했지만 브리잘
로프가 다른 부서에 근무하고 있다는 사실을 알고 안심했다.

"그렇더라도 가서 사과하는 게 나을 거예요." 그녀가 말했다.
"안 그러면 당신이 사람들 있는 곳에서 제멋대로 행동하는 사
람이라고 생각할 거예요."

"맞아! 사과를 했지만 뭔가 미심쩍었어……. 제대로 말 한 마
디 안 해주더라고……. 하긴 말할 시간조차 없긴 했지만……."

다음 날 체르뱌코프는 새 관복을 차려입고 이발을 한 다음
브리잘로프를 찾아갔다. 해명하기 위해서였다. 장군의 접견실
에는 수많은 청원자들이 있었고 장군은 그들 틈에서 이미 한
명씩 접견을 시작하고 있었다. 몇 명과 접견을 마친 뒤에 장군
은 눈을 들어 체르뱌코프를 바라보았다.

"저, 기억하실지 모르겠지만…… 각하, 어제 아르카디아 극
장에서…… 제가 재채기를 해서…… 침이 그만…… 각……."

그가 말을 마치기도 전에 장군이 그의 말을 잘라버렸다.

"무슨 쓸데없는 소리를……. 그게 도대체 어쨌다는 거요!" 이
어서 장군은 다음 청원자 쪽으로 고개를 돌리며 "자, 무슨 일이
요?"라고 물었다.

'말도 꺼내기 싫다는 거야.' 체르뱌코프는 생각했다. '그러

니까 화를 내고 있는 거야……. 안 돼! 이대로 넘겨서는 안
돼……. 반드시 해명해야 해.'

장군이 마지막 청원자와의 대화를 끝내고 집무실 안으로 들
어가려 하자 체르뱌코프가 그에게 다가가며 속삭이듯 말했다.

"각하, 제가 귀찮게 해드리는 것 같지만……. 정말로 후회가
되어서입니다! 제발 고의가 아니었다는 사실을 믿어주시기 바
랍니다."

그러자 장군은 거의 울상이 되다시피 하며 손을 내저었다.

"당신, 정말로 나를 놀리는 거요?"

그는 그 말과 함께 집무실로 들어가더니 문을 쾅 하고 닫았다.

'내가 자기를 놀리고 있다고?' 체르뱌코프는 생각했다. '대체
무슨 소리를 하는 거야? 그럴 생각은 조금도 없었는데……. 장
군이면서도 사람을 전혀 이해하지 못하는군. 그렇다면 저런 허
세나 부리는 인간에게는 더 이상 사과하지 않겠어! 엿이나 먹
으라지! 이제 절대로 찾아가지 않겠어! 대신 편지를 쓸 거야.
젠장, 더 이상 찾아가지 않을 거야!'

집으로 돌아오면서 체르뱌코프는 속으로 다짐했다. 하지만
그는 편지를 쓰지 않았다. 아무리 머리를 굴려봐도 도무지 무
슨 말을 써야 할지 한 마디도 떠오르지 않았던 것이다. 결국 그

는 다음 날 직접 해명을 하기 위해 장군을 또 찾아갈 수밖에 없었다.

"각하, 귀찮게 해드려 죄송합니다." 그는 의혹의 눈초리로 그를 바라보는 장군에게 더듬더듬 말했다. "각하 말씀대로 각하를 놀리려는 생각은 추호도 없었습니다. 다만 재채기를 하다가 침을 튀긴 것에 대해 사과를 드리려던 것일 뿐……. 아니, 어떻게 감히 장군님을 놀린단 말입니까……. 그런 꿈도 못 꿀 일을……. 각하를 그토록 존경하는데 어찌 그런 일을……. 그건!"

"꺼져!" 장군이 얼굴이 시뻘겋다 못해 시퍼렇게 질린 채 온몸을 부들부들 떨면서 고함을 질렀다.

"네? 뭐라고요?" 체르뱌코프가 두려움에 질려 꺼져가는 목소리로 물었다.

체르뱌코프의 배 속에서 무언가가 터져버린 것 같았다. 아무것도 보이지 않고 아무 소리도 들리지 않았다. 그는 뒷걸음질로 장군 집무실에서 나와 비틀거리며 거리를 걸어갔다. 아무 생각 없이 기계적으로 집으로 돌아온 그는 관복도 벗지 않은 채 소파에 누웠다. 그리고…… 죽었다.

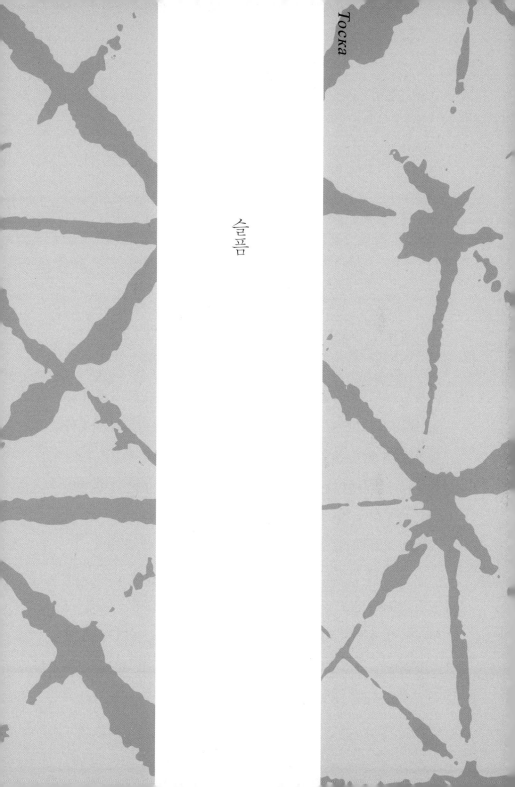

슬픔

슬픔

도대체 누구에게 내 슬픔을 털어놓을 것인가?

황혼 무렵 큰 눈송이가 방금 밝혀진 가로등 주변으로 춤추듯 천천히 내리고 있다. 눈이 지붕 위에, 말 잔등에, 마부의 어깨와 모자 위에 얇게 쌓인다. 썰매 마차 마부 요나 포타포프는 마치 유령처럼 온몸이 새하얗다. 그는 허리를 한껏 구부린 채 꼼짝도 않고 마부석에 앉아 있다. 제대로 된 눈이 휘몰아쳐 그의 몸 위에 쌓인다 하더라도 눈을 털어내려 하지 않을 것만 같다.

작은 그의 암말도 하얗게 눈을 뒤집어쓴 채 꼼짝 않고 있다. 그렇게 꼼짝 않고 있는 모습에 뼈가 앙상하게 드러난 몸매, 지팡이처럼 꼿꼿한 다리 때문에 마치 말 모습으로 빚어 놓은 싸구려 과자 같다. 마치 무슨 생각에 잠겨 있는 것 같다. 쟁기를 벗어던진 채, 늘 익숙하던 흐릿한 풍경에서 벗어나 괴물 같은 빛들이 번쩍이고 끊임없이 소음이 들려오는 곳, 사람들이 분주히 뛰어다니는 이 진흙 구덩이 같은 곳으로 굴러 떨어졌으니 어찌 생각에 잠기지 않을 수 있으리오!

요나와 그의 말은 이미 오래전부터 움직이지 않고 그 자리에 있었다. 그들은 점심 전에 숙소를 떠나 밖으로 나왔지만 아직 손님을 한 명도 맞지 못했다. 그리고 이제 저녁 그림자가 마을에 깃들기 시작했다. 창백한 가로등 불빛이 밝고 생생해지면서 거리는 점점 더 혼잡해진다.

"썰매 마차! 브이보르그스카야까지!" 요나의 귀에 목소리가 들린다. "자, 가자니까!"

요나는 움찔한다. 눈에 덮인 속눈썹 사이로 두건 달린 외투를 입은 장교의 모습이 보인다.

"브이보르그스카야로 갑시다." 장교가 다시 반복한다. "졸고 있었나? 브이보르그스카야까지!"

요나는 알아들었다는 표시로 말고삐를 당긴다. 그러자 말 잔등과 어깨에 쌓였던 눈이 흩어져 떨어진다. 장교가 썰매에 올라앉았다. 마부가 백조처럼 목을 빼고 자리에서 몸을 일으키며 고삐를 당기더니 필요에 의해서라기보다는 습관에 의해서인 듯 채찍을 휘두른다. 말도 목을 길게 빼더니 지팡이처럼 꼿꼿한 다리를 펴고 어슬렁거리듯 걸음을 옮긴다.

"야, 이놈아, 어딜 밀고 들어오는 거냐?" 앞에서 얼쩡거리던 검은 무리들 사이에서 고함 소리가 들린다. "어디로 가느냐니까? 오른쪽으로 가지 못해!"

"아니, 말을 몰 줄도 모르나! 오른쪽으로 가!" 이번엔 썰매에 탄 장교가 고함을 질렀다. 사륜마차를 몰던 마부가 요나에게 욕설을 퍼붓는다. 길을 건너다가 말의 코에 어깨를 스친 사람이 화난 얼굴로 요나를 바라보며 옷소매의 눈을 털어낸다. 요나는 마치 가시방석 위에라도 앉은 듯 안절부절못하면서 팔꿈치를 홱 잡아당겼다. 그는 무엇엔가 홀려 자신이 지금 어디에 있는지, 왜 거기 있는지 모르고 있는 사람처럼 멍한 눈길로 주변을 휘휘 둘러보았다.

"멍청한 녀석들!" 장교가 농담을 던지듯 한마디 했다. "원 말을 향해 돌진하는 놈이 없나, 말 밑으로 기어 들어가려는 놈이 없나! 전부 일부러 그러는 거야!"

요나는 손님 쪽으로 고개를 돌리고 그를 바라보며 입술을 달싹거린다. 분명 뭔가 중얼거린 것 같았지만 코를 킁킁거리는 소리밖에는 들리지 않는다.

"뭐라고?" 장교가 묻는다.

요나는 일그러진 웃음을 지으며 목에 힘을 주고 쉰 목소리로 말한다.

"아들놈이……, 나리……, 아들놈이 이번 주에 죽었습니다요."

"으흠! 그래, 어떻게 죽은 거지?"

요나가 손님을 향해 몸 전체를 돌리고 말한다.

"그걸 어찌 알겠습니까! 아마 열병인지도……. 병원에 사흘 간 누워 있다가 죽었습지요……. 다 하느님 뜻이겠지요."

"야, 이놈아! 옆으로 비키지 못해!" 어둠속에서 고함 소리가 들린다. "이 늙은 놈이 정신이 나갔나! 똑바로 몰지 못해!"

그러자 이번에는 장교가 말한다.

"자, 빨리, 빨리! 이런 식으로는 내일까지도 못 가겠군. 어서 서둘러!"

마부는 또다시 목을 길게 빼고 마부석에서 몸을 일으키더니 마치 억지로인 듯 채찍을 휘두른다. 그는 여러 번 장교를 뒤돌 아보았지만 장교는 눈을 감은 채 도무지 요나의 이야기에 귀를 기울여줄 기색이 없다. 손님을 브이보르그스카야에 내려준 후 요나는 음식점 옆에 썰매를 세우고 다시 마부석 위에 앉아 몸을 움츠린다. 또다시 눈이 그와 그의 말을 하얗게 덮는다. 한 시간, 두 시간……. 그렇게 시간은 흐른다.

보도 위에서 요란스럽게 덧신 끄는 소리가 나더니 고래고래 고함을 지르면서 세 명의 젊은이가 다가온다. 두 명은 호리호리한 몸매에 키가 크고 한 명은 꼽추다.

"어이, 썰매 마차꾼! 경찰교(警察橋)까지!" 꼽추가 날카롭게 외친다. "세 사람에 20코페이카!"

요나는 고삐를 잡아당겨 말에게 신호를 보낸다. 20코페이카는 적절한 요금이 아니지만 그는 그런 건 신경 쓰지 않는다. 손님만 있다면 1루블이건 5코페이카건 그에게는 문제가 되지 않는다. 세 명의 젊은이는 서로 밀치고 욕설을 주고받으며 가까스로 썰매에 오르더니 셋 다 한꺼번에 자리에 앉으려고 옥신각신한다. 두 명이 앉을 자리밖에 없으니 누가 서야 할 것인지 결정해야 한다. 한참 동안 욕설과 비난이 오간 끝에 결국 꼽추가 서서 가기로 한다. 그가 가장 작다는 이유에서다.

"자, 출발!" 꼽추가 몸을 바로 잡은 뒤 요나의 뒷덜미에 입김을 불어대며 날카로운 목소리로 외친다. "자, 내리쳐! 아니, 영감, 대체 그 모자 꼴이 뭐야? 페테르부르크 전체를 다 뒤져도 그런 꼴불견은 없겠군!"

"헤헤……. 헤헤…….." 요나가 웃는다. "뭐, 자랑할 것까진 없지요."

"자랑이고 나발이고 달려! 아니, 계속 이런 식으로 기어갈 거야? 목덜미를 후려갈길까 보다!"

"머리가 깨지는 것 같아." 키 큰 젊은이 중 한 명이 말한다. "어제 두크마소프네 집에서 바스카랑 브랜디를 네 병이나 비웠더니."

"아니, 무슨 말도 안 되는 소리를!" 다른 한 명이 화를 낸다. "도대체 그런 새빨간 거짓말이 어디 있어!"

"정말이야! 거짓말이라면 벼락을 맞겠다!"

"야, 이(虱)가 기침을 했다고 하는 게 낫겠다!"

요나가 씩 웃으며 말한다.

"하하, 정말 재미있는 분들이네요."

그러자 꼽추가 화를 낸다.

"빌어먹을 영감탱이! 아니 말을 몰겠다는 거야, 말겠다는 거야? 이게 지금 가고 있는 거야? 저놈 궁둥이에 채찍을 먹이라고! 염병할! 좀 달려보라고!"

요나는 등 뒤에서 꼽추의 화난 몸짓과 떨리는 목소리를 느낀다. 그는 자기에게 퍼붓는 욕설을 듣고 사람들을 보면 마음을 짓누르던 외로움이 한결 덜해지는 것을 느낀다. 꼽추는 듣도 보도 못한 욕설을 심하게 해대더니 목이 잠겨 기침을 쿨럭쿨럭 해댄다. 나머지 두 사람은 나제쥬다 페트로브나라는 여자에 대한 이야기를 하기 시작한다. 요나는 그들을 돌아본다. 그들이 잠시 이야기를 그친 틈을 타서 다시 한 번 뒤를 돌아보고 겨우 입을 연다.

"이번 주에 말씀입죠……. 제 아들놈이…… 죽었습지요."

"누구나 죽게 되어 있어." 꼽추가 기침을 한 후 입술을 닦으면서 한숨을 내쉬며 말한다.

"어이, 빨리 말이나 몰아! 빨리 몰라니까! 이렇게 기어가는 꼴은 못 보겠어! 도대체 언제 도착할 거야!"

"영감, 좀 더 기운을 내라고! 목덜미를 후려 갈겨!"

"아니, 우리들 말이 안 들리는 거야! 혼 좀 나볼래! 이런 꼴을 참아내느니 걸어가는 게 낫겠군! 아니, 이 영감탱이, 듣고는 있는 거야? 우리들 말이 말 같지 않아?"

요나는 등 뒤에서 욕설을 느끼기보다는 그냥 그 목소리를 듣고 있다. 그는 웃으며 말한다.

"하하, 재미있는 분들이셔……. 제발 건강들 하셔."

"영감, 영감에게 마누라가 있소?" 키 큰 사내 한 명이 묻는다.

"저요? 흐흐! 하나밖에 없는 마누라가 축축한 땅 속에 있지 요……. 흐흐, 무덤 속에 있단 말입니다! 아들놈도 죽고 나만 살아남아서……. 이상한 일이지요. 저승사자가 문을 잘못 골라 들어섰으니……. 내게 오지 않고 아들놈에게 가다니……."

요나는 아들이 어떻게 죽었는지 설명하려고 고개를 돌린다. 하지만 그때 꼽추가 한숨을 내쉬며 이제 겨우 목적지에 도달했다고 선언하듯 말한다. 20코페이카를 받아 쥔 요나는 주정꾼들이 어둠 속으로 사라질 때까지 그들에게서 눈길을 떼지 않는다.

이제 그는 다시 외톨이가 되고 정적이 찾아온다. 아주 잠깐 동안 줄어들었던 슬픔이 다시 찾아왔고 전보다 더 심하게 그의 가슴을 찢는다. 요나는 불안하고 고통스러운 눈길로 길 양편을 오가는 사람들을 열심히 바라본다. 이 수많은 사람들 중에 자기 말에 귀를 기울여줄 사람을 단 한 명도 찾을 수 없단 말인가?

사람들은 요나나 그의 슬픔에는 아랑곳하지 않고 스쳐지나갈 뿐이다. 요나의 슬픔은 이루 말할 수 없이 크다. 만일 요나의 가슴이 터져 그 슬픔이 흘러나온다면 이 세상을 온통 덮어버릴 것만 같다. 하지만 그 슬픔은 눈에 보이지 않는다. 그것은 아주 하찮은 조개껍질 속에도 숨어 있을 수 있어 대낮처럼 밝은 불빛으로도 보이지 않는다.

요나는 꾸러미를 들고 있는 하인 한 명을 발견하고 그에게 말을 걸기로 작정한다.

"여보게, 지금 몇 시나 됐지?" 그가 묻는다.

"10시가 다 되어 가는데…… 왜 여기 이러고 서 있는 거야? 어서 저리 가!"

요나는 말을 몇 걸음 몰고 간 다음 다시 등을 굽히고 슬픔에 잠긴다. 사람들에게 호소해 봐야 소용없다는 것을 그는 느낀다. 그러나 채 5분도 지나지 않아 그는 몸을 곧게 세운다. 그는 날카로운 아픔을 느낀 듯 고개를 좌우로 흔들고 고삐를 잡아당긴다. 더 이상 견딜 수가 없다…….

그는 생각한다.

'숙소로 돌아가자. 숙소로!'

그러자 그의 작은 말도 그의 생각을 읽은 듯 달리기 시작한다.

한 시간 반 후, 요나는 커다란 더러운 난롯가에 앉아 있다. 난로 위에서도, 마루 위에서도, 벤치 위에서도 사람들이 코를 골고 있다. 온갖 냄새를 풍기는 공기는 숨이 막힐 정도다. 요나는 잠들어 있는 사람들을 바라보더니 몸을 긁적이며 이렇게 빨리 숙소로 돌아온 것을 후회한다.

'말에게 먹일 귀리 값도 벌지 못했어.' 그는 생각한다. '그래서 더 우울한 거야. 자기 일을 잘하는 사람은…… 먹을 것이 풍족한 사람은…… 말에게 먹이를 충분히 줄 수 있는 사람은…… 언제나 마음이 편할 거야.'

한쪽 구석에서 잠들어 있던 젊은 썰매 마차꾼 한 명이 일어나더니 졸린 눈을 비비며 물통 쪽으로 걸어간다.

"물을 마시려고?" 요나가 묻는다.

"그래요."

"그래, 실컷 마셔……. 그런데 이보게, 내 아들이 죽었어……. 듣고 있나? 이번 주에 병원에서……. 참, 세상이란!"

요나는 자신의 말이 어떤 효과를 냈는지 보려고 젊은이를 살핀다. 하지만 아무 반응도 없다. 젊은이는 이불을 푹 뒤집어쓰고 다시 잠에 빠져든다. 노인은 한숨을 내쉬고는 몸을 긁적인다. 젊은이가 물이 마시고 싶은 것처럼 그는 이야기를 하고 싶다. 그의 아들이 죽은 지 이제 곧 일주일이 된다.

하지만 그는 아직 그 누구에게도 그 이야기를 한 적이 없다. 그는 정확하게, 그리고 진지하게 말하고 싶다. 아들이 어떻게 병에 걸렸는지, 아들이 얼마나 고통스러워했는지, 아들이 죽기 전에 무슨 말을 했는지, 아들이 어떻게 숨을 거두었는지……. 장례식이 어떠했는지, 죽은 아들의 옷을 찾으러 어떻게 병원에 갔는지 자세하게 말하고 싶다. 시골에는 딸 아니샤가 있다. 그 애에 대해서도 말하고 싶다. 그렇다, 지금 하고 싶은 말이 얼마나 많은지…… 듣는 이들은 한숨을 쉬고 공감하며 슬퍼하리라…… 상대편이 여자라면 더 좋으리라. 아무리 바보라 할지라도 첫 마디부터 엉엉 울어버리리라.

'나가서 말이라도 봐야겠다.' 요나는 생각한다. '언제라도 잘 시간은 있어. 얼마든지 잘 수 있어.'

그는 외투를 걸치고 말을 매어둔 마구간으로 간다. 그는 귀리를 생각하고, 건초와 날씨에 대해 생각한다. 그는 혼자 있을 때는 아들 생각을 할 수 없다. 누군가에게 아들 이야기를 할 수는 있지만 아들에 대해 생각하고 아들의 모습을 그려보는 것은 견딜 수 없을 정도로 괴로운 일이다.

"뭘 먹고 있냐?" 요나가 말의 빛나는 눈을 보고 묻는다. "그래, 먹어라, 먹어…… 귀리 값은 벌지 못했으니 건초라도 먹어라. 그래, 나는 썰매 마차를 몰기에는 너무 늙었다. 내가 아니라 아들놈이 몰아야 하는데…… 정말 좋은 마부였는데…… 그놈은 살아야 했는데……"

잠시 말이 없던 요나가 말을 잇는다.

"그래, 이놈아…… 쿠즈만 이오니치는 이제 가버렸다. 내게 작별 인사를 했어. 아무 이유도 없이 죽어버렸어. 자, 네놈에게 망아지가 있고 네가 그 어미라고 치자……. 그런데 그 망아지가 갑자기 죽어버렸단 말이다. 너도 슬프지 않겠니?"

말은 먹이를 씹으며 귀를 기울이고 주인의 손에 콧김을 불기도 한다. 요나는 스스로 도취해서 말에게 모든 것을 이야기해 주기 시작한다.

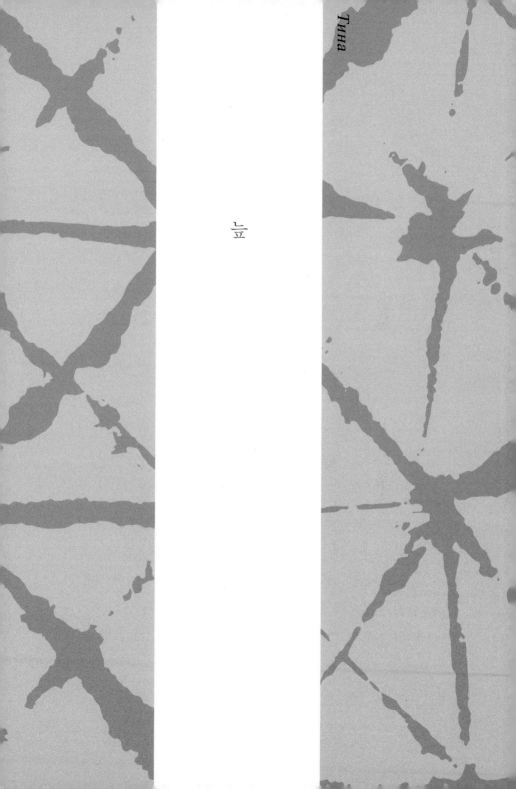

Тина

눈

늪

I

새하얀 장교복을 입은 젊은 장교 한 명이 말안장 위에서 품위 있게 몸을 흔들며 보드카 양조장의 넓은 뜰 안으로 들어섰다. 로트슈타인 씨가 몇 달 전 작고하면서 딸에게 유산으로 남겨준 양조장이었다. 햇살이 중위의 계급장과 백양나무 흰 줄기, 그리고 뜰 여기저기 흩어져 쌓여 있는 유리 조각들을 환하게 비추고 있었다. 모든 것들에 여름날의 밝음과 싱싱함이 깃들어 있었고 초록색 나뭇잎들은 맑고 푸른 하늘을 향하여 거리낌 없이 즐겁게 춤추며 눈짓을 보내고 있었다. 연기에 그을린 지저분한 창고나 양조장의 숨 막히는 냄새조차 이 상쾌한 전체 분

위기를 조금도 해치지 못했다.

중위는 가뿐하게 말안장에서 뛰어내리더니 달려온 하인에게 말고삐를 넘기고는 손가락으로 가느다란 콧수염을 매만지며 현관을 향해 걸어갔다. 그가 밝고 부드러운 카펫이 깔린 계단을 올라가니 나이 지긋한 하녀가 무뚝뚝한 얼굴로 그를 맞았다. 중위는 아무 말 없이 그녀에게 명함을 내밀었다.

하녀는 안으로 들어가며 알렉산드르 그리고예비치 소콜리스키라는 이름이 명함에 박혀 있는 것을 보았다. 얼마 후 하녀가 돌아오더니 안주인이 몸이 편찮아서 만날 수 없다고 말했다. 소콜리스키는 잠시 천장을 바라보더니 아랫입술을 삐죽 내밀며 간절한 말투로 말했다.

"허허, 이거 낭패로군. 자, 들어봐요. 수산나 모아세예브나 양에게 가서 꼭 만나봐야 할 일이라고 전해줘요. 1, 2분이면 된다고…… 제발……"

하녀는 한쪽 어깨를 으쓱하더니 느릿느릿 안주인에게로 갔다.

잠시 후 그녀가 돌아와서 말했다.

"됐어요. 따라 오세요!"

중위는 하녀를 따라 화려한 가구를 갖춘 대여섯 개의 방과 복도를 지나 네모반듯한 넓고 높은 방으로 들어섰다. 방으로

늪

들어서자마자 그는 방 안을 온통 채우고 있는 꽃들과 식물들, 그리고 거의 불쾌할 정도로 짙은 재스민 향기에 놀랐다. 꽃들이 덩굴을 이루며 벽을 따라 창문을 가리며 뻗어 올라가 천장까지 이르러 늘어져 있었고 방구석 구석을 장식하고 있었기에 사람 사는 방이라기보다는 차라리 온실 같았다. 그 외에 박새, 카나리아, 방울새 들이 푸른 잎들 사이에서 지저귀고 있었고, 유리창에 부딪쳐 날개를 파닥이기도 했다.

"이런 곳에서 뵙자고 해서 죄송해요." 달콤한 여자의 목소리가 들렸다. r 발음이 매끄럽지 않았지만 그런대로 매력 있는 목소리였다. "어제 머리가 너무 아팠어요. 다시 앓게 될까봐 조심하고 있답니다. 그런데 무슨 일이시지요?"

방문 바로 반대편의 커다란 안락의자에 값비싼 중국 실내복을 입고 숄로 머리를 감싼 여자가 머리 밑에 베개를 고이고 앉아 있었다. 숄로 온통 얼굴을 감싸고 있어서 끝이 뾰족하고 약간 구부러진 길고 창백한 코와 크고 검은 눈만이 보일 뿐이었다. 풍성한 중국식 실내복이 그녀의 몸매를 가리고 있었지만 예쁘장한 손과 목소리, 코의 생김새로 보건대 스물여섯 살에서 스물여덟 살 사이의 여자인 것 같았다.

"고집을 부린 것 같아 죄송합니다만……." 중위가 발뒤꿈치의 박차를 잘가닥거리며 말했다. "제 소개를 해드리겠습니다. 저는 소콜리스키라고 합니다. 당신의 이웃이며 제 사촌 형인 알렉세이 이바노비치 크류코프 대신 전해드릴 말이 있어서 왔습니다. 형님이……"

"그분, 알아요!" 수산나 모아세예브나가 그의 말을 도중에 끊었다. "그리 좀 앉으세요. 내 앞에 뭔가 큰 게 서 있는 걸 좋아하지 않거든요."

중위는 다시 한 번 박차를 잘가닥거리며 의자에 앉더니 말을 이었다.

"사촌 형 대신 부탁을 드리려고 왔습니다. 고인이 되신 당신의 선친께서 작년 겨울에 사촌 형에게서 귀리를 구입하셨습니다. 그리고 약간의 돈이 아직 청산되지 않았습니다. 차용증서 지불 기한이 다음 주입니다만 그 돈을 오늘 내주실 수 없겠습니까?"

중위는 말을 하면서 곁눈으로 좌우를 살펴보고 생각했다.

'이거, 내가 지금 저 여자 침실에 들어와 있는 거 아냐?'

나뭇잎들이 한결 무성해 있는 방 한구석에 핑크색 차일이 쳐져 있었고 그 아래 침구가 흩어진 채 아직 정리되지 않은 침대가 놓여 있었다. 그리고 두 개의 안락의자 위에는 구깃구깃 뭉

늪

89

쳐진 여성 옷들이 걸려 있었으며 주름진 레이스가 달린 옷자락과 소매가 양탄자 위에 늘어져 있었다. 그리고 방바닥에는 여기 저기 끈들과 담배꽁초, 캐러멜 껍질이 널려 있었다. 침대 밑에는 코끝이 둥글거나 뾰족한 슬리퍼들이 가지런히 놓여 있었다. 중위가 보기에 자스민 향기는 꽃에서 나는 게 아니라 침대와 슬리퍼에서 나는 것 같았다.

"제가 갚아야 할 돈이 얼마지요?" 수산나 모아세예브나가 물었다.

"2,300루블입니다."

"어머!" 유대 여자가 나머지 한쪽 눈을 드러내며 말했다. "얼마 안 되다고 하시더니! 하지만 오늘 지불하건 일주일 뒤에 지불하건 마찬가지 아니에요? 아버지가 돌아가신 뒤 지난 두 달 동안 여기저기서 달라는 돈이 얼마나 많던지……. 정말 머리가 돌아버릴 지경이에요! 곧 외국으로 떠날 참인데 보드카니, 귀리니……. 정말 귀찮은 일들이……. 게다가 어제는 세무서에서 왔기에 귀신한테나 가보라고 쏘아붙여서 쫓아버렸어요. 그런데 당신 사촌 형님께서 두세 달만 기다려주실 수는 없나요?"

"정말 곤란한 질문이로군요!" 중위가 웃으며 말했다. "형님이야 1년이고 더 기다릴 수 있지요. 하지만 제가 기다릴 수 없는 겁니다. 바로 제 일이기 때문에 제가 몸이 달아서 이렇게 뛰어다니는 겁니다. 제가 5,000루블의 돈을 마련해야 하는데 형님 수중에 마침 현금이 없지 뭡니까? 방금 돈을 마련하러 소작인 집에 들러오는 길이고 여기서 나가면 또 다른 곳에 들러봐야 합니다. 정말 절박하게 필요합니다."

"말도 안 돼요! 젊은 분이 그 돈으로 뭘 하시려고? 난봉이라도 부리셨나? 아니면 노름에서 잃으셨나? 아니면 결혼이라도 하실 건가요?"

"바로 맞았습니다." 중위가 가볍게 몸을 일으키며 말했다. 다시 박차 울리는 소리가 났다. "사실은 결혼을 할 예정입니다."

수산나는 얼굴을 찌푸리며 중위를 바라보더니 한숨을 내쉬며 말했다.

"왜들 그렇게 결혼을 하려고 드는지 모르겠어요. 인생이란 그토록 짧고 또 자유가 거의 없는데 자진해서 족쇄를 채우려 든다니까요!"

"다 나름대로 자기 생각이 있기 마련입니다."

"그렇겠지요. 물론이에요. 다 자기 나름이지요……. 그런데 장가를 가려고 그 돈이 필요하다니 정말 가난뱅이와 결혼 하려는 모양이로군요. 열렬한 사랑에 빠졌나봐. 어쨌든 왜 꼭

5,000루블이 필요한 거지요? 3,000이나 4,000이 아니고 꼭 5,000이지요?"

'보통 수다스러운 여자가 아니로군'이라고 생각하면서 중위는 대답했다.

"법적으로 장교는 스물여덟이 되기 전까지는 결혼을 할 수 없게 되어 있기에 그렇습니다. 그 전에 결혼을 하려면 제대를 하거나 5,000루블의 돈을 위탁해 놓아야 합니다."

"아, 이제 알겠어요. 자, 들어보세요. 방금 누구나 나름대로 자기 생각이 있다고 말씀하셨지요? 분명히 당신 약혼자는 특별하고 훌륭한 사람이겠지만……. 하지만…… 하지만 나는 어떻게 버젓한 남자가 여자와 살 수 있다는 건지 도무지 이해할 수 없어요. 아무리 애를 써도 이해할 수 없어요. 나도 그럭저럭 스물일곱 해를 살아왔지만 참아낼 만한 여자는 한 번도 본 적이 없어요. 죄다 겉으로만 얌전 빼면서 뒷구멍으로 호박씨를 까고 있고 순 거짓말쟁이뿐이라니까……. 식모나 하인이라면 참아낼 수 있을까, 소위 숙녀라는 여자들은 곁에 얼씬도 못 하게 해요. 그런 여자들이 나를 싫어하고 얼굴을 들이밀지 않아서 다행이지! 돈이 필요하면 직접 나서지도 못하고 겁이 나서 남편이나 보내고……. 내가 그 여자들 속을 다 까발리니까 그

런 거지요. 그러니 나를 미워하는 게 당연하지 않아요? 분명히
당신도 나를 흉보는 소리를 많이 들었을 거예요."

"아뇨. 이곳에 온 지가 얼마 되지 않아서……."

"쯧쯧! 두 눈에 훤히 보이는데……. 그건 그렇고 당신 형님은
잘 지내세요? 아주 세련되고 미남이시던데……. 모임에서 몇
번 뵌 적이 있어요. 왜 나를 그렇게 이상한 눈으로 쳐다보세요?
나도 교회에 자주 나가는 여자랍니다! 누구에게나 하느님은 한
분뿐이잖아요. 교양 있는 사람에게는 속에 들어 있는 생각이
중요하지 외관이 중요하지 않지요? 그렇지 않아요?"

"아, 네, 물론 그렇지요……." 중위가 웃으며 대답했다.

"그래요……. 중요한 건 속에 들어 있는 생각……. 당신, 형님
과 별로 닮지 않았네요. 당신도 잘생겼지만 형님이 훨씬 미남
이세요. 어쩜 그렇게 닮지 않을 수가 있지!"

"당연하지요. 친형제가 아니라 사촌 간이니까요."

"아, 그렇군요! 그런데 돈이 오늘 꼭 필요하세요? 왜 꼭 오늘
이지요?"

"휴가가 이삼 일밖에 남지 않아서입니다."

"알았어요. 참 딱한 일이긴 하지만……." 수산나가 한숨을 내
쉬며 말했다. "할 수 없군요. 돈을 드리겠어요. 나중에 당신에게

원망을 들을 게 뻔하지만…… 결혼한 뒤에 부인과 싸우면서 이런 식으로 나를 욕하겠지요. '그 망할 유대인 여자가 돈을 주지만 않았어도 아직 날아다니는 새처럼 자유로울 텐데!' 당신 약혼자, 예뻐요?"

"아, 네……."

"흠! 하긴 얼굴만 예쁠 뿐이라도 그나마 아무것도 없는 것보다는 낫지요. 물론 아무리 예쁜 여자라 할지라도 그 아름다움을 남편에게 바치는 일은 절대로 없지만……."

"정말 특이한 분이로군요!" 중위가 웃으며 말했다. "당신도 여자면서 여자들을 그렇게 싫어하다니!"

"여자란……." 수산나의 얼굴에 미소가 떠올랐다. "할 수 없지요. 하느님이 나를 여자로 만들어주신 게 내 잘못은 아니잖아요. 당신이 콧수염을 달고 있다고 해서 죄를 지은 게 아니듯, 나도 죄가 없어요. 케이스를 잘못 골랐다며 바이올린을 탓할 수는 없잖아요. 나는 나 자신을 좋아해요. 하지만 누군가 내가 여자라는 사실을 상기시키면 나는 내가 미워지기 시작해요. 자, 옷 좀 입게 나가 계세요. 응접실에서 기다리세요."

중위는 밖으로 나가자마자 독한 재스민 냄새를 몰아내려는 듯 '휴' 하고 한숨부터 내쉬었다. 목이 칼칼해지고 머리가 어질

어질해오기 시작했던 것이다.

'정말 이상한 여자로군!' 그는 생각했다. '말은 정말 청산유
수야. 하지만…… 너무 잘해……. 너무 노골적이야……. 신경계
에 이상이 있는 게 틀림없어.'

응접실은 가구를 비롯해 모든 장식과 스타일이 화려하기 이
를 데 없었다. 하지만 그저 겉으로만 화려할 뿐이었다. 니스와
라인강 풍경을 그려 넣은 접시, 고풍의 촛대, 일본 골동품 들이
탁자 위에 놓여 있었지만 오히려 주인의 몰취미를 드러내고 있
을 뿐이었다. 화려한 커튼과 금박을 칠한 커튼 고리, 울긋불긋
한 벽지, 짙은 색의 책상보, 벽에 걸린 서양화 그림 등 겉보기에
화려한 것들이 무엇인가 있어야 할 것이 없다는 느낌, 많은 것
을 들어내야 할 것 같은 느낌을 주고 있었다.

중위는 그런 것들에는 별로 조예가 깊지 않았지만 그 모든
장식들에는 그것들의 화려함이나 스타일로도 씻어버리기 어려
운 독특한 특징이 들어 있다는 느낌을 받았다. 그렇다. 그 모든
것들에서는 따뜻함, 시적인 흥취, 안락함 같은 것들을 찾아볼
수 없었다. 응접실에는 마치 대합실이나 클럽, 혹은 극장 복도
처럼 느낄 수 있는 싸늘한 기운이 감돌고 있었다.

그가 그런 느낌에 젖어 있을 때 방문이 열리고 그녀가 나타

났다. 길게 늘어진 검은 드레스를 입고 있었으며 몸매가 하도 날씬하고 허리가 잘록해서 마치 선반으로 깎아낸 것 같았다. 이제 중위는 그녀의 눈과 코뿐 아니라 여윈 흰 얼굴과 양털처럼 곱슬곱슬한 검은머리를 볼 수 있었다. 못생겼다는 느낌은 주지 않았지만 중위를 매혹시킬 만한 모습은 아니었다. 중위는 러시아인이 아닌 사람들의 얼굴에 대해서는 대체로 편견을 지니고 있었다. 그래서 그런지 그녀의 검은머리가 핏기 없이 하얀 얼굴—왠지 그에게 재스민 향기를 연상시켰다—과 어울리지 않는다고 생각했다. 그녀가 미소를 짓자 하얀 잇몸과 이가 드러났으며, 그것들 역시 그의 마음에 들지 않았다.

"자, 이제 함께 가보실까요." 그녀가 그 말과 함께 앞장섰다.

그녀는 지나는 길에 화분에서 노란 꽃잎을 뜯으며 말했다.

"돈은 바로 드리겠어요. 하지만 그 전에 괜찮으시다면 점심을 함께 들고 싶어요. 2,300루블이라고 하셨지요? 일을 멋지게 처리하셨으니 시장하실 것 아니에요? 내 방 어떠세요? 이곳 여자들은 내 방에서는 늘 마늘 냄새가 난다고 해요. 재치를 부린답시고 그따위 말이나 하고 있으니! 단언하지만 지하실에도 마늘 같은 건 없어요. 언젠가 마늘 냄새 풍기는 의사가 왔기에 그에게 모자를 벗고 흔들어서 냄새를 퍼뜨려보라고 했어요.

여기서 나는 냄새는 마늘 냄새가 아니라 약 냄새예요. 아버지가 일 년 반 동안 꼼짝 못 하고 누워계셨고 그 때문에 온 집 안에서 약 냄새가 나요. 생각해보세요. 일 년 반 동안이나! 아버지가 돌아가신 건 슬프지만 잘 돌아가셨다고 생각해요. 얼마나 고생하셨는데요!"

그녀는 응접실과 비슷한 방 두 개와 넓은 홀을 거쳐 그녀의 서재로 장교를 안내했다. 자질구레한 물건이 잔뜩 널려 있는 여성용 책상이 하나 있었고 책상 옆 방바닥에는 몇 권의 책이 펼쳐진 채 나뒹굴고 있었다. 서재로 통하는 또 다른 작은 문을 통해 옆방의 식탁이 보였다.

쉴 새 없이 재잘거리며 수산나는 주머니에서 자잘한 열쇠들이 달려 있는 열쇠 뭉치를 꺼내더니 둥근 뚜껑이 비스듬하게 달려 있는 아주 독특한 모양의 궤를 열었다. 뚜껑을 열자 마치 하프 소리를 연상시키는 멜로디가 울려 나왔다. 수산나는 또 다른 열쇠를 집어 들더니 자물쇠를 다시 하나 더 열었다,

"여기에 지하실로 가는 통로와 비밀의 문이 있는 셈이지요." 그녀는 양가죽으로 만든 작은 가방을 꺼내면서 말했다. "정말 재미있는 궤짝 아니에요? 이 가방 안에 내 재산의 4분의 1이 들어 있어요. 자, 보세요, 볼록하지요? 어디, 저를 한 번 목 졸

늪

라 죽여보시지요."

수산나는 고개를 들어 중위를 바라보며 상냥하게 웃었다. 중위도 따라 웃었다.

'그러고 보니, 쾌활한 여자로군.' 장교는 그녀의 손가락 사이에서 흔들리는 열쇠들을 바라보며 생각했다.

"아, 여기 있네." 그녀는 가죽 가방 열쇠를 집어내며 말했다. "자, 채권자 양반, 차용증서를 내놓으시지요. 어휴, 돈이란 건 정말 얼마나 쓸모없는 건지! 그런데도 여자들은 돈이라면 사족을 못 쓰니! 아시다시피 저는 뼛속까지 유대인이지만 돈에만 눈이 벌건 우리 셈족의 피가 싫어요. 돈을 쌓아 두면서 왜 돈을 쌓아 두는지는 생각도 않으니까요. 제대로 살면서 즐겨야 하는데 한 푼도 아까워서 절절매니까요. 저는 돈을 꼭 움켜쥐고 있는 건 싫어요. 그래서 저는 유대인답지 않다는 생각을 할 때가 있어요. 제가 말할 때 악센트가 너무 강하지 않은가요?"

"글쎄요." 중위가 우물거렸다. "러시아어를 정말 잘하십니다. 하지만 'r' 발음은 좀 너무 굴리는 것 같습니다."

수산나는 웃으면서 작은 열쇠를 가죽 가방 자물쇠에 꽂았다. 중위는 주머니에서 차용증서를 꺼내어 책상 위에 놓았다.

"악센트처럼 자신이 유대인이라는 걸 빤히 보여주는 건 없어요." 수산나가 즐거운 표정으로 중위를 바라보며 말했다. "아무리 러시아인이나 프랑스인인 체해봐야 소용없어요. '푸흐(깃털)'라는 말을 발음해보라고 하세요. 분명히 '페흐흐'라고 할걸요. 하지만 저는 정확하게 발음할 수 있어요. 푸흐, 푸흐, 푸흐!"

'확실히 아주 귀여운 여자야.' 소콜리스키는 다시 생각했다.

수산나는 가죽 가방을 의자 위에 놓더니 중위에게 다가와 얼굴을 코앞에 대고 계속 재잘거렸다.

"유대인 다음으로 저는 러시아 사람과 프랑스 사람이 좋아요. 학교 다닐 때 공부를 잘 못해서 역사는 잘 모르지만 세계의 운명은 두 나라 사람들 손에 달려 있는 것 같아요. 외국에서 오랫동안 지내면서—마드리드에서 여섯 달을 보냈어요—사람들을 유심히 살펴본 결과 러시아 사람과 프랑스 사람 외에는 제대로 된 사람이 없다는 결론을 내렸어요. 한번 여러 나라 말을 예로 들어볼까요?"

이어서 그녀는 독일어와 영어, 이탈리아어를 비롯해 폴란드 말을 유머를 섞어 한껏 조롱하며 마음껏 웃었다.

수산나가 눈을 굴리며 하도 즐겁게 웃는 바람에 중위도 전염되어 큰 소리로 웃었다. 그녀는 중위의 단추를 만지작거리며 말을 계속했다.

늪

"물론 당신은 유대인을 싫어하시겠지요⋯⋯. 다른 민족들이 다 그렇듯 우리도 결점이 많아요. 그걸 반박할 생각은 없어요. 그게 유대인 탓일까요? 아니에요. 유대인 사람 탓이 아니에요. 유대인 여자 때문이에요! 속도 좁은 데다 탐욕스럽고⋯⋯ 도대체 정서도 없고 둔하기만 하고⋯⋯. 당신은 유대인 여자랑 살아 본 적이 없으니 모를 거예요! 그런 게 얼마나 매력적인지⋯⋯."

수산나는 마지막 말을 분명 똑똑히 강조해서 말했지만 그 말을 할 때는 지금까지의 활기도, 웃음도 사라지고 없었다. 그녀는 자신이 너무 거리낌 없었다는 데 놀란 듯 입을 다물었다. 그녀의 얼굴이 뭐라고 묘사하기 어려울 정도로 묘하게 일그러졌다. 그녀는 눈 한 번 깜빡이지 않고 중위를 바라보았다. 벌린 입 사이로 이를 악무는 것이 보였다. 그녀의 얼굴 전체, 그녀의 목, 심지어 그녀의 가슴까지 고양이와 같은 표독스러움으로 떨고 있는 것 같았다.

그녀는 여전히 방문객으로부터 눈을 떼지 않은 채 옆으로 몸을 굽히더니 고양이처럼 재빠르게 책상 위에서 무언가를 낚아챘다. 눈 깜짝할 사이에 벌어진 일이었다. 중위는 그녀가 다섯 손가락으로 차용증서를 낚아채서 손아귀에 꽉 움켜쥐는 것을 멍하니 바라보고 있었다. 그토록 다정하게 웃음 짓던 모습에서

순식간에 범죄자로 변하는 모습을 보고 중위는 놀라서 창백해 진 얼굴로 뒤로 한 걸음 물러섰다.

그녀는 여전히 그에게 경계하는 시선을 던지며 움켜쥔 주먹 으로 허리를 더듬어 주머니를 찾았다. 주먹은 열심히 주머니를 찾았지만 마치 그물에 갇힌 물고기가 빠져나갈 곳을 못 찾는 것처럼 주머니 입구를 발견하지 못했다. 그녀는 차용증서를 옷 깊숙한 곳에 넣으려 했다. 순간 중위는 거의 본능적으로 신음 소리와 같은 비명을 지르며 여자에게 달려들어 차용증서를 움 켜쥔 팔목을 붙잡았다.

그녀는 이를 악물고 있는 힘을 다 해 용을 써서 그의 손을 밀 쳐냈다. 그러자 소콜리스키는 오른손으로 여자의 허리를 두르 고 왼손으로 그녀의 어깨를 감쌌고 이어서 몸싸움이 이어졌다. 그는 여자에게 욕을 보이거나 상처를 입힐까 두려워 그녀를 꼼 짝 못 하게 한 채 차용증서를 움켜쥔 주먹만 잡으려 했다. 하지 만 그녀는 그의 팔에 잡힌 몸을 마치 뱀장어처럼 이리저리 비틀 면서 팔꿈치로 그의 가슴을 치고 손톱으로 할퀴었다. 그 바람에 그는 손으로 그녀의 몸 구석구석을 만지지 않을 수 없었다.

'이거, 일이 정말 묘하게 돌아가는군!'

그는 아연한 채 마치 재스민 향기에 취한 것처럼 얼이 빠져 있었다.

둘은 아무 말 없이 가쁜 숨을 몰아쉬며 부둥켜안은 채 방 안을 이리저리 밀려다녔고 여기저기 가구에 몸을 부딪쳤다. 수산나는 싸움 자체에 넋을 잃고 취해 있는 것 같았다. 그녀는 얼굴에 홍조를 띤 채 눈을 감고 아예 제정신을 놓고 있었다. 심지어 그의 얼굴을 자기 얼굴로 비비기까지 했으며 그 바람에 그녀의 입술이 그의 입술에 달콤한 향기를 남기며 스쳐가기도 했다. 마침내 그가 그녀의 주먹을 잡는 데 성공했다……

억지로 주먹을 펴보았지만 그 안에는 아무것도 없었다. 그는 그녀를 풀어주었다. 그들은 머리카락이 풀어진 채 상기된 얼굴로 숨을 헐떡이며 마주 보았다. 고양이처럼 표독스럽던 여자의 표정이 차츰차츰 상냥하게 웃음 띤 얼굴로 바뀌었다. 그녀는 웃음을 터뜨리더니 발길을 돌려 점심상이 차려져 있는 옆방으로 뛰어 들어갔다. 중위는 천천히 그녀의 뒤를 따랐다. 자리에 앉은 그녀는 여전히 상기되어 있는 얼굴로 가쁘게 숨을 몰아쉬며 반 컵 정도의 포도주를 들이켰다.

중위가 먼저 입을 열었다.

"그러니까, 이게 다 장난을 치신 거지요?"

"전혀!" 그녀는 빵 조각을 입안에 넣으며 말했다.

"으흠……. 그렇다면 내가 이걸 어떻게 받아들여야 할까요?"

"좋으실 대로요. 자, 앉아서 식사나 하세요."

"하지만…… 그런 속임수를 쓰다니!"

"그럴지도 모르지요. 하지만 설교를 할 생각은 마세요. 저도 저 나름대로 생각이 있는 법이니까요. 당신이 해준 말 그대로……."

"그럼 돌려주지 않겠단 말입니까?"

"당연하지요. 당신이 불행한 가난뱅이에, 굶주리고 있다면 문제가 다르겠지만……. 하지만 결혼을 하려는 거잖아요!"

"그건 내 돈이 아닙니다. 아시잖아요. 사촌 형님 돈이란 말입니다."

"그렇다면 당신 형님은 그 돈으로 뭘 하실까? 부인에게 멋진 옷을 사주려고? 나는 당신 형수가 멋진 옷을 입건 말건 아무 관심 없어요."

이제 중위는 자신이 이상한 집에서 모르는 여자와 함께 있다는 사실도 잊었고 여자에게 예의에 어긋나는 짓을 했다는 사실로 괴로워하지도 않았다. 이 여자가 먼저 수치스럽기 짝이 없는 행동을 했기에 자신도 대담한 행동을 한 것이라고 그는 생각했다.

"이거 도무지 어떻게 해야 할지 모르겠군!" 그는 방 안을 서성이며 중얼거리듯 말했다. "어쨌든 차용증서를 돌려받기 전까지는 이 집에서 안 나가겠소!"

"아, 그거 잘됐네요." 수산나가 웃으며 말했다. "당신이 이 집에 영원히 머문다면 내게는 훨씬 더 좋은 일일 걸요……."

몸싸움으로 흥분해 있던 터라 중위는 수산나의 웃음 띤 대담한 얼굴, 오물오물 음식을 씹는 입, 부푼 가슴을 바라보며 점점 더 대담해졌다. 그는 이제 차용증서 따위는 잊었다. 그의 머리에는 오로지 유대 여자의 자유분방한 생활에 대해 사촌 형이 들려주던 이야기가 감미롭게 떠오를 뿐이었고, 그 때문에 더욱 대담해졌다. 그는 충동적으로 유대 여자 곁에 주저앉아 차용증서 생각은 까맣게 잊고 음식을 들기 시작했다.

"보드카를 드시겠어요? 아니면 와인을?" 수산나가 웃으며 물었다. "차용증서를 찾을 때까지 머물겠다고요? 딱해라! 내게서 그게 나오는 걸 보려면 몇 날 며칠을 더 머물러야 할까! 당신 약혼자가 뭐라고 하지 않을까요?"

Ⅱ

오후 다섯 시가 지났다. 중위의 사촌 형 알렉세이 이바노비치 크류코프는 실내복 차림에 슬리퍼를 신고 방 안을 거닐며 초조하게 밖을 내다보고 있었다. 검은 턱수염에 남자다운 얼굴을 한 키 크고 건장한 사내였다. 비록 몸이 좀 불어 비대하다는 느낌을 줄 나이였지만 유대 여자가 말한 대로 대단한 미남이었다. 그는 여느 러시아 인텔리들이 지닌 특성을 뼛속 깊이 지니고 있는 사람이었다. 그는 인정이 많았고 친절했으며 교양도 있었다. 또한 예술과 학문에도 조예가 깊었고 신앙심도 있었으며 기사도적인 명예심도 지니고 있었다.

하지만 무엇보다 게을렀으며 그가 지닌 그 모든 것에 깊이가 없었다. 그는 먹고 마시는 것을 좋아했으며 휘스트(트럼프 놀이)의 대가였고 여자와 말에 대해서도 조예가 깊었다. 하지만 그 외의 다른 것에 대해서는 무관심했고 굼뜨기 이를 데 없었기에 뭔가 비범하고 선동적인 일이 아니면 그를 새로운 일에 끌어들이기 어려웠다. 하지만 일단 발을 들여놓으면 그는 만사 제쳐놓고 적극적으로 뛰어들었다. 그는 열을 내서 결투에 대해 말하는가 하면 장관에게 장문의 탄원서를 쓰기도 했고 온 군(郡) 내를 말을 타고 돌아다니기도 했으며 공공연히 그 누군가를 향해 "이런 악당 놈!"이라고 소리치기도 했고 소송을 벌이기도 했다.

"아니, 사샤가 왜 여태 돌아오지 않는 거지?" 그가 창밖을 내

늪

105

다보며 아내에게 물었다. "저녁 식사할 때가 되었잖아."

그들은 6시가 될 때까지 기다리다가 식탁에 앉았다. 날이 어두워지고 밤참 먹을 시간이 되었다. 알렉세이는 발소리와 인기척에 귀를 기울이면서 어깨를 으쓱하며 말했다.

"거, 참, 이상하군. 이놈이 어디 소작인 집에 틀어박혀 있나?"

그는 잠자리에 들면서 동생이 어느 소작인 집에서 잘 얻어먹고 한 잔 잘 얻어 마신 후 거기서 자고 올 모양이라고 생각했다.

소콜리스키는 다음 날 아침이 되어서야 돌아왔다. 잔뜩 풀이 죽어 있었으며 낭패한 모습이었다.

"형님, 단둘이 드릴 말씀이 있습니다." 그는 묘한 표정을 지으며 사촌 형에게 말했다.

둘은 서재로 들어갔다. 문을 닫은 중위는 한참 동안 방 안을 서성이다가 입을 열었다.

"일이 좀 있었습니다, 형님. 뭐라고 말씀을 드려야 할지……. 아마 믿기 어려우시겠지만……."

그는 얼굴을 붉힌 채 사촌 형의 얼굴을 제대로 보지도 못하고 더듬더듬 어제 겪은 일을 이야기해주었다. 다리를 벌린 채 고개를 숙이고 동생의 말을 듣고 난 크류코프가 얼굴을 찌푸리며 말했다.

"너, 지금 농담하는 거지?"

"아니, 농담이라뇨? 이게 어디 농담할 일입니까?"

"도대체 무슨 소리인지……. 알다가도 모르겠군……." 크류코프가 얼굴이 시뻘게진 채 손짓을 하며 중얼거리듯 낮게 말했다.

"너, 정말, 말도 안 되는 짓을 했구나……. 그래, 그 잡년이 네 눈앞에서 그런 도둑질을 하고 있는데 넌 그년한테 입을 맞췄단 말이냐?"

"저도 어떻게 된 일이지 어안이 벙벙해요." 중위는 죄송하다는 듯 기어들어가는 목소리로 말했다. "맹세코, 정말 어찌 된 일인지 모르겠어요! 그런 요물은 난생 처음이라니까요! 그 여자가 예뻐서도 아니고……. 마음씨 때문도 아니고……. 그냥…… 뭐랄까…… 오만무례하고…… 냉소적이서……."

"뭐야! 오만하고 냉소적이라서? 야, 정말 듣기만 해도 불결하다! 그렇게 오만하고 냉소적인 게 좋다면 차라리 진창에서 돼지 새끼를 꺼내 날로 먹어버리는 게 낫겠다! 그게 훨씬 싸게 먹힐 테니까! 2,300루블이나 들지는 않을 것 아니냐!"

"형님, 말씀이 좀 지나치시군요." 중위가 얼굴을 찌푸리며 말했다. "그 2,300루블, 제가 돌려드리겠어요!"

"내가 언제 네가 돈을 갚지 않을 거라고 했냐? 하지만 이건

늪

107

돈 문제가 아니야! 그까짓 돈! 밸을 다 빼버린 네 꼴이 화가 나서 그러는 거야! 아니, 어떻게 그런 더러운 짓을! 약혼까지 한 처지에! 약혼녀를 두고!"

"그만하세요……." 중위가 얼굴을 붉히며 말했다. "저도 생각조차 하고 싶지 않아요. 정말 땅속으로 기어 들어가고 싶어요. 게다가 큰어머니에게 가서 5,000루블을 빌려 달라고 졸라야 한다는 생각만 해도 가슴이 답답하고 속이 상해서……."

크류코프는 화가 풀리지 않아 얼마간 더 투덜거리더니 마음이 좀 가라앉자 소파에 앉아 사촌 동생을 놀리기 시작했다. 그는 빈정거리는 말투로 말했다.

"어이, 젊은 장교님! 멋진 새신랑님!"

그러더니 그는 갑자기 그 무엇엔가 찔린 것처럼 자리에서 벌떡 일어나더니 서재 안을 빠르게 서성이기 시작했다.

"아냐, 이대로 둘 수는 없어!" 그는 주먹을 휘두르며 말했다. "그 증서를 찾아오고야 말겠어. 호된 맛을 보여줄 거야. 여자에게 손을 대면 안 되는 법이지만 그년은 뼈마디를 분질러버릴 거야……. 아예 가루를 만들어버리겠어! 나는 육군 중위가 아니니까! 뭐? 오만? 냉소? 그 따위는 내게 안 먹혀! 절대 안 되지! 이런 망할 년!"

그는 고함을 쳤다.

"거기 누구 없냐! 어서 마차를 대령하라고 해!"

크류코프는 서둘러 옷을 입더니 당황해하는 중위는 아랑곳하지 않은 채 마차에 올랐다. 이어서 마차는 수산나의 집을 향해 달리기 시작했다. 중위는 마차 뒤에 이는 먼지를 한참 동안 바라보다가 기지개를 켜고 하품을 하더니 자기 방으로 돌아갔다. 방으로 간 지 10여 분도 안 되어 그는 곤한 잠에 빠져 들었다.

6시가 되자 저녁을 먹으라고 하인이 그를 깨웠다.

"그 양반, 정말 너무하네!" 형수가 식당에서 그를 맞으며 말했다. "식사를 차려놓고 이렇게 기다리게 하다니!"

"형님께서 아직 돌아오시지 않았나보지요?" 중위가 하품을 하며 말했다. "아마, 소작인 집을 둘러보시나 보지요."

하지만 크류코프는 밤참 때가 되어도 돌아오지 않았다. 그의 아내와 소콜리스키는 소작인 집에서 카드놀이를 하고 있으리라 단정하고 그곳에서 자고 오리라 생각했다. 하지만 사태는 그들의 짐작과는 전혀 다르게 돌아갔다.

크류코프는 다음 날 아침에야 돌아왔다. 그는 식구들에게 아는체도 않고 한 마디 말도 없이 서재로 들어가버렸다. 중위가 서재로 따라 들어가며 휘둥그레진 눈으로 그를 바라보며 물었다.

"그래, 어떻게 됐어요?"

크류코프는 손을 내저으며 코웃음을 쳤다.

"아니, 어떻게 된 일이에요? 왜 코웃음을 치세요?"

크류코프는 소파에 몸을 던지더니 베개에 머리를 묻고 터져 나오는 웃음을 억지로 참아내느라 어깨를 들썩거렸다. 잠시 후 그는 몸을 일으키더니 어리둥절해 있는 동생을 바라보며 말문을 열었다. 웃음을 참느라 눈에 눈물까지 고여 있었다.

"문 좀 닫아라. 정말……, 정말…… 보통 여자가 아니야! 내가 얘기해줄게!"

"증서는 찾으셨어요?"

크류코프는 손사래를 치더니 다시 웃음을 터뜨렸다.

"정말 요부야! 암튼 고맙다. 네 덕분에 알게 되었으니! 정말 속치마를 두른 악마야! 거기 도착했지. 집에 들어서자 단단히 조심하려고 잔뜩 긴장한 채…… 미간을 잔뜩 찌푸리고 오만상을 다 지은 채, 마음을 다잡으려고 두 주먹을 불끈 쥐고…… '내게는 장난질을 치지 않는 게 좋을 거요!' 뭐, 이런 말들을 했지. 그러고는 법과 정부를 들먹이며 위협을 했어. 그랬더니 울기부터 하더군. 그리고 네게 정말 장난으로 그런 거라며…… 돈을 내주겠다고……. 그리고 그 궤짝 있는 곳으로 데려가더군. 그

러고는 유럽의 운명이 프랑스와 러시아 사람들에게 달렸다는
둥, 여자들은 전부 못쓴다는 둥……. 너도 다 알지? 그런 말을
늘어놓더라. 나도 너처럼 그 말을 듣다가 멍청이처럼 홀딱 넘
어간 거야……. 나를 미남이라고 연방 치켜올리더니 내가 힘이
얼마나 좋은지 보자며 어깨 근처 내 팔을 꼬집기도 하고…….
그러고는……. 더 말 안 해도 알겠지? 이제야 겨우 빠져나온
거야. 근데, 너한테 홀딱 빠진 것 같던데, 하하하!"

"참, 잘도 하셨군요!" 중위도 웃으며 형을 놀렸다. "결혼한 양
반이! 두루 존경을 받는 명사분께서! 부끄럽지도 않으세요? 화
가 나지도 않으세요? 형님, 농담이 아니라 정말로 형님 이웃에
사이렌이 살고 있는 셈이네요."

"내 이웃에! 맞아! 러시아 전체를 다 뒤져도 그런 카멜레온
은 찾을 수 없을 거야! 내가 여자들은 제법 많이 알지만 그런
여자는 생전 만난 적이 없어. 뭐, 비슷한 여자들을 만난 것 같긴
하지만 그 여자에 비하면 어림도 없어! 네 말마따나 그 오만함!
그 냉소! 도저히 안 넘어가고는 못 배기겠더군. 악마처럼 홀연
변신을 하지 않나, 표정을 확 바꾸질 않나, 그 안색은 또 어찌나
재빨리 변하는지……. 홀리지 않고는 못 배길 거야……. 증서?
휘리리릭! 날아가 버렸어! 우리 둘 다 큰 죄를 지은 셈이니 죄

늪

111

를 반반씩 나누자. 네가 2,300루블이 아니라 그 반만 내게 빌린 걸로 하자."

크류코프와 중위는 둘 다 베개에 얼굴을 묻고 신나게 웃어댔다. 그들은 고개를 들고 서로 마주 보다가 다시 웃음이 터져 나와 베개에 얼굴을 파묻어야 했다.

"어이, 중위님! 약혼하신 몸으로!" 크류코프가 중위를 놀렸다.

그러자 중위가 되받았다.

"결혼한 양반이! 존경받는 사회 명사께서! 자식도 있는 가장이!"

저녁 식사 시간에 그들은 서로 윙크를 주고받으며 은밀히 암시를 나누었다. 그들이 계속 냅킨으로 입을 가리며 웃는 바람에 식탁에 앉은 사람들은 어안이 벙벙할 뿐이었다.

다시 이전처럼 평온한 생활이 이어졌다. 자연 역시 슬퍼할 수 있다는 것을 보여주듯 땅 위에 짙은 그림자가 드리워지고 구름 속에서 천둥이 울리고 이따금 바람이 애처롭게 울어대듯 불어와도 이 집 사람들의 평온에는 아무런 영향도 주지 않았다. 두 사람 모두 수산나에 대해, 차용증서에 대해 한 마디 말도 하지 않았다. 둘 다 그 사건을 입 밖에 내는 게 어딘지 부끄러운 때문이었다. 하지만 그들은 그것을 기억하고 있었으며 즐거운 마음으로 되씹었다. 삶이 예기치 않게 그들 앞에 펼쳐준 흥미로운 소극(笑劇) 같았고, 먼 훗날 즐거운 회상거리로 남을 것 같았다.

유대 여자에게 다녀온 지 일주일 정도 되었을 때였다. 아침에 크류코프는 서재에서 큰어머니에게 문안 편지를 쓰고 있었다. 소콜리스키는 책상 옆에서 말없이 서성이고 있었다. 중위는 전날 잠을 잘 못 잤기에 찌뿌둥한 채 잠에서 깨어났고 지금은 좀 언짢은 기분이었다. 그는 방 안을 서성이며 이제 휴가가 끝나간다는 생각, 자신을 기다리고 있을 약혼자 생각, 이런 시골에서 평생 산다는 것은 얼마나 따분할까 하는 생각들을 하고 있었다.

그는 창가에 서서 연거푸 담배를 세 대나 피우며 나무들을 바라보고 있더니 갑자기 사촌 형을 향해 몸을 돌리며 말했다.

"형님, 부탁이 하나 있는데요. 오늘 하루 말을 빌려줄 수 없어요?"

크류코프는 뭔가 탐색하는 듯한 눈길로 동생을 바라보더니 이맛살을 찌푸리며 계속 편지를 써내려갔다.

"형님, 안 되겠어요?"

크류코프는 다시 동생을 쳐다보더니 침착하게 책상서랍을 열고 두툼한 현찰 뭉치를 꺼내어 동생에게 내밀며 말했다.

"여기 5,000루블이 있다. 내 돈은 아니지만 상관없어. 당장 역마차를 불러서 곧바로 떠나도록 해라. 알았지!"

이번에는 중위가 사촌 형을 탐색하는 눈길로 바라보더니 웃음을 터뜨렸다. 이어서 그가 낯을 붉히며 말했다.

"형님, 내 속을 읽었군요. 그 여자에게 가려던 참이었어요. 어제 저녁 세탁부가 그놈의 군복을 가져왔는데—그때 그 집에 입고 갔던 옷 말이에요—그런데, 재스민 향기가 나더라고요. 그래요……. 거기 가야 할 것만 같았어요."

"거기로 가는 게 아니라 아주 멀리 가버려! 떠나라니까!"

"네, 그래야겠지요. 휴가도 끝났으니까. 오늘 떠나야겠어요! 그래요, 정말로! 더 있어봤자 언젠가는 떠나야 하니까요……. 떠나겠어요."

그날 점심 식사 후에 역마차가 왔다. 중위는 사촌 형 가족들과 작별 인사를 한 후 그들의 전송을 받으며 떠났다.

일주일이 지났다. 흐리고 무더운 날이었다. 크류코프는 이른 아침부터 공연히 이 방 저 방 집 안을 돌아다니며 창밖을 내다보기도 하고 이미 싫증이 난 사진첩을 들여다보기도 했다. 혹 아내나 아이들과 마주치면 심술궂게 잔소리를 퍼부었다. 웬일인지 그날은 아이들 하는 짓이 온통 마음에 들지 않았고 마누라가 하인들을 잘못 다루는 것 같았으며 집안 살림살이도 수입에 비해 지출이 과도한 것 같았다. 한 마디로 가장인 그의 기분이 언짢다는 것을 뜻했다.

저녁 식사 때 수프도 입에 맞지 않는 것 같았고 고기도 맛이 없었다. 그는 마차를 준비시키라고 한 후 천천히 마차를 몰고 밖으로 나갔다. 얼마 안 가서 그는 마차를 멈추고 하늘을 바라보며 생각했다.

'대체 어디로……. 그녀에게? …… 그 악마에게?'

그런데 갑자기 그의 얼굴에 웃음이 떠올랐다. 마치 하루 내내 그 질문에 시달려온 것 같았고 그 답을 얻은 것 같았다. 금세 그의 가슴이 후련해지더니 나른하던 눈길에 반짝 윤기가 돌았다. 그는 말을 몰았다…….

그는 가는 도중 내내, 자기를 보면 그 유대 여자가 얼마나 놀랄 것인가 상상했고 그녀와 즐거운 이야기를 나눈 뒤에 상쾌해진 기분으로 집으로 돌아가야지, 라고 생각했다.

'한 달에 한 번 정도는 좀 따분한 일상에서 벗어나 기분 전환

할 필요가 있는 법이야. 술을 마신다거나…… 수산나를 만난다거나……. 그래, 그런 게 없으면 안 되지!'

그가 보드카 양조장 마당으로 들어섰을 때는 벌써 날이 어둑어둑해질 무렵이었다. 열린 창문으로부터 웃음소리와 노랫소리가 흘러나왔다.

번개보다 더 밝게
불길보다 더 뜨겁게…….

누군가 굵직한 목소리로 부르는 노래였다.

'제길, 손님들이 있군!'

그녀에게 손님이 있다는 것이 기분 나빴다.

'돌아가 버릴까?' 그는 초인종에 손을 대며 생각했다. 하지만 그의 손은 이미 초인종을 누르고 있었으며 그는 곧이어 계단을 올라가고 있었다.

그는 현관에서 응접실 홀을 들여다보았다. 대여섯 명의 사내들이 홀 안에 있었다. 그가 모두 잘 아는 이곳의 지주와 관리들이었다. 빼빼 마른 키다리 한 명이 피아노 앞에 앉아 피아노를 치며 노래를 부르고 있었고 나머지 사람들은 뭐가 즐거운지 히

죽거리며 귀를 기울이고 있었다.

크류코프가 홀에 들어섰을 때 마침 수산나가 명랑한 얼굴로 모습을 나타냈다.

그녀가 그의 손을 잡으며 말했다.

"어머, 당신이에요? 정말 뜻밖이네요!"

"당신 때문이지!" 크류코프가 그녀의 허리에 팔을 두르며 웃음 띤 얼굴로 말했다. "그래, 아직도 유럽의 운명이 프랑스와 러시아 사람들 손에 달려 있나?"

"너무 반가워요." 유대 여자가 사내의 팔에서 몸을 살며시 빼내며 말했다.

"자, 어서 안으로 들어오세요. 모두 아시는 분들이에요……. 가서 차를 가져오라고 할게요. 참, 당신 이름이 알렉세이 맞지요? 자, 들어오세요. 금방 다시 올게요."

그녀는 그에게 살짝 입을 맞추더니 재스민 향기를 남기고 안으로 들어갔다. 크류코프는 고개를 쳐들고 홀 안으로 들어갔다. 모두 평소에 가깝게 지내던 사람들이었지만 그는 단지 고개만 까딱했을 뿐이었다. 그들도 마지못해 아는 체를 했다. 마치 서로 모르는 척하는 게 낫다는 묵계(默契)가 있는 것 같았다.

크류코프는 홀을 거쳐 응접실로 들어갔고, 다시 두 번째 응

늪

접실로 들어갔다. 가는 도중에 그는 서너 명의 사내들을 더 만났다. 모두 아는 남자들이었지만 그들은 크류코프를 모르는 것 같았다. 그들은 모두 술에 취해 흥겨워하고 있었다. 이른바 사회 명사라는 친구들이 저런 꼴을 보이다니! 그는 혀를 끌끌 차며 다른 방으로 들어갔다. 바로 서재였다.

서재로 들어서려는 순간 그는 갑자기 얼어붙은 표정으로 두 손으로 문틀을 잡고 그 자리에 서버렸다. 수산나의 책상 앞에 앉아 있는 것이 다름 아닌 사촌 동생 소콜리스키가 아닌가! 뚱뚱한 유대인과 그 무언가 낮은 목소리로 의논하고 있던 소콜리스키는 형의 얼굴을 보자 얼굴이 빨개지며 앞에 놓인 사진첩으로 고개를 떨구었다.

순간 크류코프에게 염치감이 되살아났고 온몸의 피가 머리로 쏠리는 것 같았다. 놀람과 수치와 분노에 압도당한 채 그는 한 마디 말도 없이 책상 앞으로 다가갔다. 소콜리스키의 고개가 더 숙여졌다. 얼굴이 수치심에 고통스럽게 일그러져 있었다.

"아, 형님이세요?" 소콜리스키는 겨우 눈을 들어 억지 미소를 지으며 더듬더듬 말했다. "그냥 작별 인사를 하려고요…….
내일은 꼭 떠날 겁니다."

'내가 무슨 말을 할 수 있단 말인가? 도대체 무슨 말을?' 크

류코프는 생각했다. '나도 여기 와 있으면서 어떻게 재를 나무란단 말인가?'

그는 한 마디 말도 없이 침만 꿀꺽 삼키고는 밖으로 나가버렸다.

그녀를 천사라 부르지 마라.
그녀를 지상에 내버려두라…….

홀에서 굵은 노랫소리가 여전히 들려왔다. 얼마 후 크류코프의 마차는 먼지를 일으키며 길을 마구 달리고 있었다.

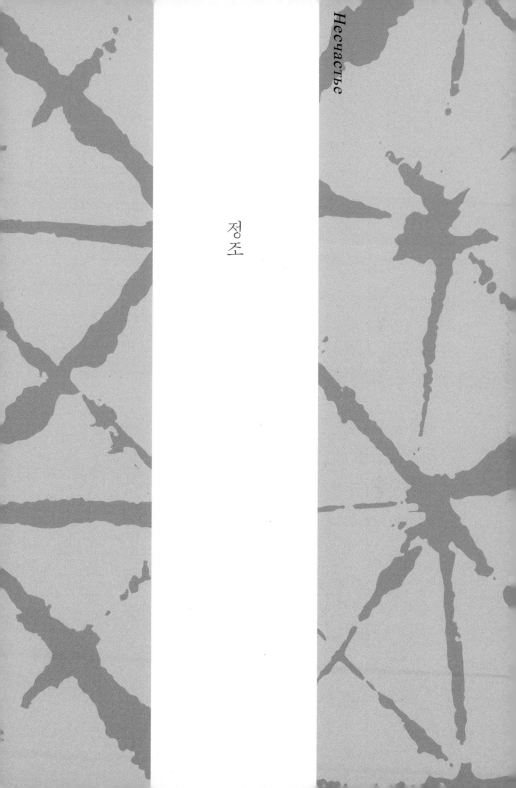

정조

정조

공증인 루뱐체프의 아내 소피아 페트로브나가 변호사 일리 인과 숲속 오솔길을 나란히 걷고 있었다. 그녀는 스물다섯 살의 젊고 품위가 있는 여자였다. 소피아 가족은 여름철을 이곳에서 보내고 있었고 일리인은 그녀 가족이 묵고 있는 별장 이웃에 묵고 있었다. 저녁 5시경이었다. 하늘에는 깃털처럼 새하얀 뭉게구름이 둥실 떠 있었고 구름 사이로 맑은 푸른 하늘이 보였다. 구름은 높이 솟은 노송(老松) 꼭대기에 걸린 듯 꼼짝도 않고 있었다. 고요하고 무더운 날이었다.

오솔길 저쪽 끝에는 나지막한 철도 제방이 있었고 무슨 일인지 보초 한 명이 제방 위를 왔다 갔다 하고 있었다. 제방 뒤로는 녹슨 지붕에 여섯 개의 돔이 솟아 있는 교회가 있었다.

"여기서 당신을 만날 줄은 몰랐어요." 소피아가 눈을 내리깐 채 양산 끝으로 낙엽을 찌르면서 말했다. "하지만 이렇게 만난 게 오히려 다행이에요. 모든 이야기를 솔직하게 나누고 싶었거든요. 이반 미하일로비치, 저를 정말 사랑하고 존중한다면 제발 저를 그만 따라다니세요! 그림자처럼 저를 따라다니면서 이상한 눈초리로 저를 바라보고, 툭하면 사랑한다고 말하고, 이상한 편지를 보내고……. 도대체 언제까지 그럴 거예요! 왜 그러는 거예요? 도대체 뭘 어쩌자는 거예요?"

일리인은 아무 말이 없었다. 소피아는 몇 발자국 더 걸음을 옮기며 말을 이었다.

"우리가 알고 지낸 지 5년이 되었지만, 당신은 지난 이삼 주 동안에 완전히 딴 사람이 되었어요. 정말로 당신이 낯설게 느껴져요, 이반 미하일로비치!"

소피아는 함께 걷고 있는 사람을 흘낏 쳐다보았다. 일리인은 눈살을 찌푸린 채 솜털 구름을 뚫어져라 바라보고 있었다. 화나고 기분 나쁜 표정이었으며 동시에 무엇엔가 사로잡혀 있는 듯한 표정이었다. 마치 터무니없는 말을 억지로 듣고 고통스러워하는 것 같았다. 부인이 어깨를 으쓱하며 계속 말했다.

"정말 모르시겠어요? 당신, 정말 나쁜 짓을 하고 있다는 걸

알아야 해요. 난 결혼한 몸이에요. 나는 남편을 사랑하고 존경해요……. 그리고 딸이 있어요……. 그런 게 다 아무렇지도 않다는 건가요? 게다가 나랑 오랜 친구이니 내가 얼마나 가정적인 사람인지, 결혼의 의무를 신성하게 여기고 있는지 잘 아실 것 아니에요?"

일리인은 화가 난 듯 기침을 하더니 한숨을 쉬며 중얼거렸다.

"신성한 결혼의 의무라……. 맙소사!"

"그래요……. 저는 남편을 사랑하고 존경해요. 그리고 어떤 일이 있어도 가정의 평화를 소중히 지켜야 한다고 생각하고 있어요. 나 때문에 안드레이 그이와 딸이 불행을 겪게 하느니 차라리 죽는 게……. 그러니 제발 저를 내버려두세요! 그냥 전처럼 친구로 지내고 그런 한숨과 신음 소리는 치워버리세요. 당신에게는 어울리지 않아요. 자, 이걸로 결정되었고, 다 끝났어요! 더 이상 이런 이야기는 하지 않기로 해요. 다른 이야기나 해요."

소피아는 다시 일리인의 얼굴을 흘낏 훔쳐보았다. 일리인은 멍하니 하늘을 쳐다보고 있었다. 창백한 얼굴로 화가 난 듯 떨리는 입술을 깨물고 있었다. 그녀는 그가 왜 그렇게 화가 났는지, 왜 그렇게 분개한 표정을 짓고 있는지 이해할 수 없었다. 하지만 그의 창백한 안색이 그녀의 마음을 움직였다.

"그렇게 화내지 말아요. 우리 전처럼 친구로 지내요." 그녀가
다정하게 말했다. "좋지요? 자, 내 손을 잡아요."

일리인은 그녀의 통통한 작은 손을 두 손으로 움켜쥐고는 천
천히 자기 입술로 가져갔다.

"나는 철없는 중학생이 아니오." 그가 중얼거렸다. "사랑하는
여자에게 우정만을 느낄 생각은 추호도 없습니다."

"됐어요, 됐어! 다 끝난 일이에요. 여기 벤치가 있네요. 자, 여
기 앉아요."

소피아는 그윽한 안도감에 젖어 있었다. 가장 어렵고 민감한
문제를 입 밖에 낸 것이고, 이제 그녀를 괴롭히던 문제가 해결
된 것이다. 이제 그녀는 자유롭게 숨을 쉴 수 있게 되었고 일리
인의 얼굴을 똑바로 바라볼 수 있게 된 것이다. 그녀는 그를 바
라보았다. 그리고 자기를 사랑하는 남자에 대하여 갖는 우월감
에 우쭐하는 기분이 되었다. 이 몸집이 크고 강인한 사내다운
남자가, 검은 턱수염을 자랑하는 이 남자가, 게다가 똑똑하고
교양이 있으며 재능이 있기로 이름난 이 남자가 자기 옆에 고
분고분 앉아 기운 없이 고개를 숙이고 있다니!

두 사람은 얼마 동안 말없이 앉아 있었다. 이윽고 일리인이

입을 열었다.

"아무것도 결정되거나 끝난 건 없습니다. 당신은 내게 판에 박힌 설교들만 반복하고 있을 뿐입니다. 나는 남편을 사랑하고 존중한다느니……, 신성한 결혼이라느니……. 당신이 말해주지 않아도 다 아는 것들이고, 그 이상의 것들을 얼마든지 당신에게 말해줄 수 있습니다. 진심으로, 그리고 정직하게 말씀드리지만 나도 내 행동이 범죄 행위이고 비도덕적 행위라고 생각합니다. 그 외에 달리 뭐라고 말할 수 있겠습니까? 하지만 누구나 다 아는 그런 소리를 한다고 해서 무슨 소용이 있나요? 마치 동냥이라도 주듯 그런 쓸데없는 말을 해주기보다는 내가 어떻게 해야 하는지 말해주는 게 낫지 않겠어요?"

"벌써 말씀드렸는데요. 이곳을 떠나시라고."

"당신도 잘 알다시피 당신 곁을 다섯 번이나 떠났지만 언제고 다시 돌아왔습니다. 직행 열차표를 보여드릴까요? 다 간직하고 있으니까. 정말 당신 곁을 떠날 수 없습니다! 저도 노력하고 있습니다. 정말 처절하게 싸우고 있습니다. 하지만 이렇게 줏대가 없고 나약하고 비겁한 인간이니 무슨 소용이 있겠습니까! 자연의 힘에 맞서 싸울 수는 없는 노릇 아닌가요? 아시겠어요? 도저히 안 된다 말이에요! 이곳을 떠나더라도 자연의 힘

이 제 옷깃을 잡아 다시 이곳으로 데리고 온단 말입니다! 아아,
정말 비열하고 역겨운 그 나약함이여!"

일리인은 얼굴이 벌겋게 상기된 채 자리에서 일어나 벤치 곁
을 서성이기 시작하더니 주먹을 쥐면서 중얼거렸다.

"마치 개처럼 되어버린 기분입니다. 자신이 싫고 경멸스럽습
니다. 맙소사! 불량소년처럼 다른 남자의 부인을 사랑하다니!
바보 같은 편지질이나 하는 꼬락서니라니……. 오!"

일리인은 머리를 쥐어뜯으며 자리에 앉더니 비난하는 어조
로 말했다.

"당신도 잘한 건 없습니다! 나의 이런 행동이 정말 못마땅하
다면 이 자리에는 왜 나왔습니까? 무엇 때문에 나온 거지요?
나는 편지에 내 사랑을 받아들일 것인지 아닌지, 최종적인 답
변을 요구했을 뿐입니다. 하지만 당신은 직접 대답을 하는 대
신 매일 나를 '우연히' 만날 구실을 마련하고는 판에 박힌 설교
들만 늘어놓고 있습니다."

부인은 깜짝 놀라며 낯을 붉혔다. 그녀는 마치 점잖은 부인
이 벗은 몸을 우연히 남에게 들켰을 때와 같은 기분을 느꼈다.

"마치 제가 당신을 희롱한 것처럼 말씀하시네요. 저는 언제
나 분명히 대답을 해드린 셈인데……. 그리고 오늘은 당신께

제발 부탁한다고…….”

“오! 이런 일에 부탁이라니! 만일 당신이 딱 잘라서 ‘가버리세요!’라고 말해주었다면 난 이미 오래전에 가버렸을 겁니다. 하지만 당신은 한 번도 그러지 않았습니다. 단 한 번도 분명한 대답을 한 적이 없습니다. 이상하게 주저하면서! 정말 그렇습니다. 당신은 나를 희롱하고 있거나, 그게 아니라면…….”

일리인은 말을 맺지 못한 채 두 주먹으로 얼굴을 받쳤다. 소피아는 지금까지 자신의 행동을 처음부터 끝까지 곰곰이 되짚어 보았다. 그녀는 자신의 행동에서뿐 아니라 자신의 마음속으로도 일리인의 구애를 거부해왔다는 것을 분명히 기억해낼 수 있었다. 그럼에도 불구하고 변호사의 말에는 일말의 진실이 들어 있는 것처럼 느껴지기도 했다. 하지만 그 진실이 무엇인지는 정확히 알 수 없었다. 그녀는 아무리 생각을 해보아도 일리인의 불평에 대꾸할 말이 떠오르지 않았다. 그렇다고 입을 다물고 있는 것도 어색한 노릇이어서 그녀는 어깨를 으쓱하며 말했다.

“그렇다면 제 잘못이라는 말씀이로군요.”

“당신이 정직하지 못했다고 비난하는 게 아닙니다.” 일리인이 한숨을 내쉬며 말했다. “제 말은…… 그러니까…… 당신의 행동도 자연스럽고 이치에 맞는다는……. 만일 세상 사람들이 일거에 합의를 해서 모두 정직하고 진실해진다면…… 아마 모든 게 엉망이 되어버릴 겁니다."

소피아는 철학에 대해 논할 기분이 아니었지만 화제를 바꿀 기회가 왔다고 생각하고 물었다.

"왜지요?"

"야만인이나 동물만이 정직한 법이기 때문입니다. 문명된 사회에· 예컨대 여성의 미덕과 같은 편의품이 도입되자마자 정직은 물러날 수밖에 없게 되었고……."

일리인은 지팡이로 열심히 모래를 파헤치며 이야기를 이어나갔다. 부인은 잠자코 귀를 기울였다. 대부분 이해할 수 없었지만 그의 이야기를 듣고 있자니 기분이 좋았다. 자기처럼 평범한 여자에게 재능 있는 사람이 유식한 문제에 대해 이야기를 해주고 있다는 사실이 무엇보다 기뻤던 것이다. 그리고 아직 화가 덜 풀린 젊은 남자의 얼굴 모양을 바라보고 있는 것도 즐거웠다. 그녀는 그가 하는 말을 대부분 이해할 수 없었지만 그가 어마어마한 문제에 대해 아무런 주저나 의혹 없이 참으로 대담하게 멋진 결론을 이끌어낸다며 감탄하고 있었다.

그녀는 이 남자에게 끌리고 있는 자신의 모습을 갑자기 발견하고 깜짝 놀랐다. 그녀는 황급히 말했다.

"죄송하지만 무슨 말씀이신지 이해할 수가 없어요. 어쩌다 성실과 정직 이야기를 꺼내게 된 거지요? 다시 반복해서 부탁하겠어요. 저의 좋은 친구가 되어주세요. 절 괴롭히지 말아주세요! 정말 간절히 부탁해요!"

"좋습니다. 다시 노력해보겠습니다. 최선을 다해서……. 하지만 노력의 결과가 어떨지는 모르겠습니다. 머리에 총알을 쑤셔 박게 될지, 아니면 정신 나간 주정뱅이가 되어버릴지……. 어차피 불을 보듯 뻔하겠지요! 모든 일에는 한계가 있는 법입니다. 자연과의 투쟁도 마찬가지입니다. 광기와는 어떻게 싸워야 하는지 제발 말씀 좀 해주세요. 당신의 모습이 제 마음속에서 점점 자라나 마치 저 소나무처럼 밤이나 낮이나 제 눈앞에서 떠나지 않는다면 어떻게 해야 합니까? 저의 모든 사상, 욕망, 꿈들이 더 이상 나의 것이 아니고 나를 사로잡고 있는 그 어떤 악마의 것이 된 상황에서, 거기서 벗어나려면 도대체 어떤 처절한 노력을 해야 합니까? 당신을 사랑합니다. 당신을 너무 사랑하기에 저는 제 삶의 궤도에서 일탈해버렸습니다. 일도 집어치웠고 친구들도 모두 버렸습니다. 심지어 하느님까지 잊었습니다! 내 생애 이런 사랑을 해본 적은 없습니다."

대화가 그런 식으로 이끌어지리라고는 꿈에도 생각지 않았던 소피아는 일리인으로부터 몸을 멀리하며 당황한 표정으로 그를 바라보았다. 그의 두 눈에 눈물이 글썽였고 입술이 떨리고 있었고, 얼굴에는 무언가에 굶주린 듯한 애절한 표정이 떠올라 있었다.

"사랑합니다!" 그는 자신의 눈을 그녀의 놀란 큰 눈에 가까이 하며 중얼거렸다. "당신은 정말 아름답습니다! 저는 지금 고통스럽습니다. 하지만 당신의 눈을 이렇게 바라볼 수만 있다면 평생 여기 이렇게 앉아 있을 수 있습니다. 하지만…… 아, 제발 부탁이니, 아무 말도 말아주십시오!"

소피아는 너무 당황해서 그를 저지할 수 있는 말을 황급히 찾으려 애썼다.

'가버려야 해.' 그녀는 결심했다. 하지만 그녀가 미처 자리에서 일어나기도 전에 일리인이 그녀 앞에 무릎을 꿇었다. 그는 그녀의 무릎을 부여잡고 그녀의 얼굴을 바라보며 정열적으로, 그리고 뜨겁게 미사여구를 늘어놓았다. 그녀는 너무도 무섭고 혼란스러워서 그의 말이 귀에 들어오지 않았다. 그가 꼭 껴안고 있는 무릎에 왠지 기분 좋은 느낌이 들면서 마치 따스한 목욕물에 잠기기라도 한 것 같은 기분에 젖는 위기의 순간, 그녀는 일종의 분노에 찬 반감을 어렴풋이 느끼며 도대체 지금 이 기분이 뭔지 밝혀내기 위해 안간힘을 썼다.

그녀는 지금 자신이 완전히 정신 나간 술주정뱅이처럼 무기력하고 나약함에 사로잡혀 있음을, 마땅히 이 모든 것에 저항해야 하는 정숙한 부인으로서의 미덕은 어디론가 멀리 가버렸음을 알고 스스로에게 화가 났다. 그리고 저 멀리 마음 한구석에서는 '왜 떠나지 않는 거지? 이래도 되는 거야?'라고 그녀를 심술궂게 비웃는 목소리가 들려왔다.

그녀는 자신이 왜 거머리처럼 달라붙는 일리인의 손을 뿌리치지 않는지, 왜 일리인과 함께 누구 보는 사람이나 없는지 좌우를 둘러보았는지 스스로도 이해할 수 없었다. 구름과 소나무들이 그들을 준엄하게 바라보며 꼼짝 않고 있었다. 마치 상관에게 보고하지 않겠다는 다짐하에 뇌물을 받은 늙은 수위 같았다. 제방 위의 보초는 마치 벤치를 유심히 살펴보는 것처럼 말뚝처럼 서 있었다.

'볼 테면 보라지.' 소피아는 생각했다.

"제…… 제 말 좀 들어보세요." 마침내 그녀가 말했다. 목소리에 절망의 빛이 서려 있었다. "대체 어떻게 하려고요? 이제 어떻게 하려고……."

"나도 모릅니다. 정말 모릅니다." 그가 불쾌한 질문이라도 떨쳐내려는 듯 속삭였다.

바로 그때 목쉰 듯 요란한 기차 기적 소리가 들렸다. 매일매일 단조로운 일상 속에서 듣던 이 차갑고 의미 없는 소리가 소피아를 일깨웠다.

"이제…… 가야 해요." 그녀가 벌떡 일어나며 말했다. "기차가 오고 있어요……. 그이가 저걸 타고 와요! 가서 저녁을 준비해야 해요."

소피아는 달아오른 얼굴로 제방 쪽을 바라보았다. 먼저 기관차가 천천히 지나가더니 화물칸이 뒤따랐다. 소피아가 생각했던 보통 열차가 아니라 화물 열차였다. 화물칸들이 마치 매일매일의 일상처럼 하얀 교회를 배경으로 꼬리를 물고 이어졌다. 언제고 끝이 날 것 같지 않았다.

하지만 드디어 마지막 화차가 지나갔고 기차 행렬은 나무들 뒤로 사라졌다. 소피아는 잽싸게 몸을 돌리고는 일리인에게 눈길도 주지 않은 채 급히 오솔길을 되돌아갔다. 그녀는 냉정을 되찾았다. 수치심으로 얼굴이 화끈 달아올랐다. 하지만 일리인 때문이 아니었다. 그를 뿌리치고 와버리지 못했다는 자신의 소심함 때문에, 정숙하고 고결하다고 자부해온 자신이 남편이 아닌 다른 남자가 무릎을 껴안도록 허락했다는 수치심 때문에 얼굴이 달아오른 것이다.

그녀에게는 이제 한시라도 빨리 집으로 돌아가겠다는 생각, 가족에게 돌아가겠다는 생각밖에 없었다. 오솔길로부터 한길로 접어들 때 그녀는 일리인을 돌아다보았다. 그의 무릎에 묻어 있는 모래만 잠깐 눈에 들어올 정도로 짧은 순간이었다. 그녀는 일리인에게 따라오지 말고 그대로 있으라고 손짓을 했다.

집에 도착하자 소피아는 자기 방에 5분 정도 꼼짝 않고 서서 창문을 바라보다가 책상을 바라보다 했다.

"추잡한 년!" 그녀는 자신을 나무랐다. "추잡해!"

그녀는 지금까지 벌어진 일을 하나하나 되짚어보면서 그의 구애를 거절하면서 한편으로는 그와 이야기하고 싶은 충동에 이끌리지 않았는지 생각했으며 일리인이 자신의 발밑에 몸을 던졌을 때 야릇한 희열을 느끼지 않았는지 냉정하게 되짚어보았다. 그러자 숨이 막히는 것 같은 수치심에 자신의 뺨을 때리고 싶을 정도였다.

'불쌍한 내 남편!' 그녀는 남편 생각을 하면서 되도록 상냥한 표정을 지으려 애쓰며 중얼거렸다. '불쌍한 내 딸 바랴! 엄마가 어떤 여자인지도 모르지! 나를 용서해줘요. 내가 당신과 바랴

를 얼마나 사랑하는데……!'

그녀는 자신이 아직 훌륭한 아내이고 어머니이며 '신성한 결혼'을 더럽힐 정도로 타락하지 않았다는 것을 증명하기 위해 부엌으로 달려가 아직 저녁 준비가 되어 있지 않다며 식모를 야단쳤다. 그녀는 피곤과 허기에 지친 남편의 얼굴을 떠올리며 손수 남편의 식탁을 차렸다. 이제까지 단 한 번도 없던 일이었다. 그녀는 딸 바랴를 보자 두 팔로 안아 올리고는 힘껏 껴안았다. 딸이 차갑고 무겁게 느껴졌지만 그녀는 자신의 느낌을 결코 인정하고 싶지 않았다. 그녀는 아버지가 얼마나 선량하고 친절하며 훌륭한 사람인가를 딸에게 열심히 설명하기 시작했다.

하지만 얼마 되지 않아 남편 안드레이 일리치가 집으로 들어섰을 때 그녀는 그에게 제대로 인사조차 건네지 않았다. 거짓으로 쏟아낸 감정들이 그녀에게 아무것도 증명해주지 못한 채, 그 거짓됨으로 인해서 오로지 그녀에게 염증과 분노만 남긴 채 멀리 사라져버린 것이다.

그녀는 괴로운 마음으로 창가에 앉아 있었다. 사람들은 고통에 처했을 때라야 자신의 감정과 생각을 다스리는 게 얼마나 어려운지 이해할 수 있게 되는 법이다. 소피아는 훗날 그때 자신의 마음이 너무 뒤엉켜 있어서 마치 재빨리 날아가는 참새

때를 헤아리기 어려운 것처럼 도저히 추스를 수 없었다고 말했다. 그녀는 남편을 보고도 조금도 반갑지 않았으며 그의 식사 매너가 마음에 들지 않는 것을 보고는 자신이 갑자기 남편을 증오하기 시작했다고 단정했다.

허기와 피곤에 지친 안드레이는 수프가 나오기도 전에 소시지를 집어 들더니 관자놀이를 실룩거리며 쩝쩝 소리와 함께 허겁지겁 씹어 먹기 시작했다.

'맙소사!' 소피아가 생각했다. '저이를 사랑하고 존경하긴 해……. 하지만…… 왜 저리 보기 흉하게 쩝쩝거리는 걸까?'

생각 못지않게 그녀의 감정도 혼란스럽기는 마찬가지였다. 경험이 별로 없는 사람들이 불쾌한 생각을 몰아내려 할 때 흔히 그렇듯 그녀는 있는 힘을 다해 자신을 사로잡고 있는 일에 대해 생각을 않으려 했다. 하지만 그녀가 애를 쓰면 쓸수록 일리인의 모습, 그의 무릎에 묻은 모래, 솜털 같은 구름, 기차의 영상이 더욱더 생생하게 떠올랐다.

'바보처럼 오늘 오후에 거긴 왜 갔던 거지?' 그녀는 스스로를 책망하며 생각했다. '내가 정말 나약해서 제 몸 하나 제대로 건사하지 못하는 걸까?'

두려움 때문에 모든 게 너무 위험해 보였다. 남편이 마지막

접시를 비웠을 때 그녀는 모든 것을 남편에게 털어놓고 그 위험에서 벗어나기로 결심했다.

"여보, 당신에게 긴히 할 말이 있어요." 그녀는 식사를 마치고 잠깐 잠을 청하려고 장화를 벗는 남편에게 말했다.

"뭔데?"

"우리 여길 떠나요!"

"뭐! 어디로 가자고? 도시로 돌아가기엔 아직 이른데."

"그게 아니라, 여행 같은 거라도 떠나도록 해요."

"여행이라……. 나도 간절히 그러고 싶지. 하지만 돈이 어디 있어? 게다가 내 사무실은 어쩌고?"

그는 잠시 생각에 잠겼다가 덧붙였다.

"좋아. 당신, 좀 따분한 모양이로군. 정 원한다면 당신 혼자 가도록 해요."

소피아는 동의했다. 하지만 그 순간, 일리인이 기회를 잡았다며 자신과 같은 기차, 같은 칸에 타고 갈 것이라는 생각이 들었다.

그녀는 잠시 생각에 잠겼다가 남편을 바라보았다. 남편은 집에 들어올 때보다는 흡족한 얼굴이었지만 피곤한 모습은 여전했다. 바로 그 순간 무슨 연유에서인지 그녀의 눈길이 줄무늬

양말이 신겨진, 여자 발처럼 자그마한 남편의 발에 멈추었다. 양말 두 짝 모두 뒤꿈치가 해져 있었다.

블라인드 뒤에서 벌들이 유리창에 부딪히며 윙윙거리고 있었다. 소피아 페트로브나는 양말 뒤꿈치의 실밥을 바라보고 벌들이 윙윙거리는 소리를 들으면서 출발 후의 모습을 그려보았다.

일리인이 밤낮으로 그녀와 마주 앉아 한시도 그녀에게서 눈길을 떼지 않는다. 그는 자신의 무력함에 화가 나 있고 정신적 고통으로 창백해 있다. 그는 자신을 불량 학생이라 부르기도 하고, 그녀를 나무라기도 하고, 자신의 머리카락을 쥐어뜯기도 한다. 그러나 어둠이 오고 승객들이 잠들어 있거나 역으로 나간 틈을 타서 그는 그녀 앞에 무릎을 꿇고 숲에서 그랬던 것처럼 그녀의 무릎을 끌어안는다…….

그녀는 이런 몽상에 빠져 있는 자신을 발견하고 깜짝 놀라 자신을 다잡았다. 그녀가 남편에게 말했다.

"혼자서는 안 갈래요. 당신도 함께 가야 해요."

"이봐, 그런 실없는 소리 그만해요. 생각 있는 사람이라면 그런 되지도 않을 일을 바라진 말아야지."

'당신이 사정을 안다면 함께 가려 할 텐데'라고 소피아는 속으로 생각했다.

어떤 일이 있더라도 떠나고 보자고 결심하자 그녀는 마치 위험에서 벗어난 것처럼 느꼈다. 조금씩 그녀의 머리가 맑아졌으며 기분도 고양되었고 모든 것을 차분히 생각해볼 수 있게 되었다. 하지만 아무리 생각을 하고 아무리 몽상을 해보아도 이곳을 떠나야겠다는 생각에는 변함이 없었다.

남편이 잠들어 있는 사이 차츰 어둠이 깃들기 시작했다. 그녀는 거실에 앉아 피아노를 쳤다. 밖에서 들리는 활기찬 소리들, 음악 소리, 무엇보다도 자신이 양식 있는 사람이라는 생각, 자신이 온갖 어려움을 극복해냈다는 생각이 그녀의 마음을 편하게 해주었다.

차분하게 가라앉은 양심이 그녀에게 말하고 있었다.

'다른 여자였다면 분명 휘청거리면서 균형을 잃었을 거야. 하지만 나는 실제로 존재하지 않을지도 모르는 위험에 수치를 느끼고 괴로워하다가 거기서 벗어났어!'

그녀는 자신의 정숙함과 결단에 감동을 받은 나머지 스스로의 모습을 거울에 서너 번 비춰보기도 했다.

날이 더 어두워지자 손님들이 도착했다. 남자들은 식당에 앉아 카드놀이를 했고 부인들은 거실과 베란다에 남아 있었다. 일리인은 제일 늦게 도착했다. 그는 마치 병자처럼 슬프고 침울한 표정이었다. 그는 소파 한구석에 몸을 묻은 채 저녁 내내 꼼짝도 하지 않았다. 평상시에는 명랑하고 말도 많았던 그가 눈살을 찌푸린 채 말없이 앉아 있었다. 누군가 그에게 질문이라도 하면 윗입술만으로 억지 미소를 지으며 화난 듯 퉁명스럽게 대답했다.

그가 네댓 번인가 농담을 하긴 했지만 농담조차도 까칠하고 날카로웠다. 소피아가 보기에 그가 공연히 히스테리를 부리는 것 같았다. 그녀가 피아노 앞에 앉았을 때에야 그녀는 이 불행한 사나이가 히스테리를 부리는 것이 아니라 자신의 진심을 보여주고 있다는 것, 그의 영혼이 병을 앓고 있다는 것, 그는 결코 농담을 하거나 마음 편히 휴식을 취할 상태가 아니라는 것을 분명히 알 수 있었다.

그는 바로 그녀 때문에 그의 젊은 황금 시절을 허송하고 있는 것이며 직업과 어머니와 누이를 버리고 이곳 여름 별장에서 돈을 낭비하고 있는 것이다! 그리고 무엇보다 자기 자신과의 고통스런 싸움 끝에 스스로를 마멸시키고 있었던 것이다! 오로지 인간적 동정심에 의해서라도 그를 진심으로 대해야만 하리라…….

그녀는 이 모든 것을 똑똑히 알게 되자 가슴이 아팠다. 만일 그 순간 그녀가 그에게 다가가 "안 돼요"라고 말했다면 그녀의 목소리에는 도저히 거역하기 어려운 힘이 담겨 있었을 것이다. 하지만 그녀는 그에게 가지 않았으며 그 말을 하지 않았고, 실제로 그럴 생각조차 없었다. 젊음의 속 좁음과 이기심이 그날 밤처럼 그녀를 강하게 사로잡았던 적은 없었다. 그녀는 일리인이 불행하다는 것, 그가 마치 바늘방석에 앉아 있듯 소파에 앉아 있다는 것을 알고 있었다. 그녀는 그가 측은했다. 하지만 동시에 미칠 듯이 자기를 사랑하는 남자가 그곳에 있다는 사실에 승리감에 취했으며 자신의 미모가 지닌 위력을 만끽했다. 그녀는 자신의 젊음, 자신의 미모, 자신의 난공불락의 정조를 느꼈으며, 이제 이곳을 떠나기로 결심한 이상 그날 저녁 자신에게 모든 자유를 다 허용했다.

그녀는 교태를 부리며 끊임없이 깔깔댔고, 특별한 감정과 즐거움이 어우러진 노래를 불렀다. 모든 것이 즐겁고 재미있었다. 숲속 벤치에서 있었던 일도 재미있었고 자기들을 바라보던 보초에 대한 생각도 재미있었다. 손님들이 하는 이야기도, 일리인의 가시 돋친 농담도, 전에 한 번도 본 적이 없는 그의 넥타이핀도 재미있었다. 다이아몬드 눈이 박힌 뱀 모양의 핀이었는데 뱀이 너무 재미있게 여겨져 그곳에 입을 맞추고 싶을 정도였다.

그녀는 반쯤은 취한 듯 거의 무모하다고 느껴질 정도로 흥분해서 노래했다. 그녀는 사라져버린 희망에 대한, 과거에 대한 슬프고 우울한 노래를, 마치 그 누군가의 슬픔을 놀리기라도 하듯 흥이 나서 불렀다.

"노년은 점점 다가오는데⋯⋯"라고 그녀는 노래했다. 하지만 그녀에게 노년이라니?

'내게 뭔가가 잘못되어 가고 있는 것 같아.' 그녀는 웃고 노래하면서 간간이 생각했다.

파티는 12시가 되어 끝났다. 일리인은 마지막까지 남아 있었다. 아직 무모한 흥분이 남아 있던 소피아는 그를 베란다 마지막 계단까지 배웅했다. 그녀는 그에게 남편과 함께 멀리 갈 것이라고 말하려 했고, 그 소식에 그가 보일 반응이 보고 싶었다.

달은 구름 뒤에 숨었지만 일리인의 외투 자락과 베란다의 커튼이 바람에 살랑거리는 것이 보일 정도로 밝았다. 소피아는 일리인의 창백한 얼굴을, 억지로 웃음을 지으려고 윗입술을 비트는 모습을 똑똑히 볼 수 있었다.

"소냐, 소네치카⋯⋯ 오, 내 사랑!" 그가 작별 인사를 하려는 소냐의 말을 가로막으며 속삭였다. "오, 내 사랑! 나의 보물!"

이어서 그는 애정의 물결에 휩싸여 울먹이는 어조로 그녀에게 달콤한 사랑의 말을 쏟아내기 시작했다. 그리고 그 말들이 점점 더 부드러워지더니 마침내 마치 그녀가 자신의 아내나 애인이나 되듯 반말로 변했다. 그리고 돌연 한 팔을 그녀의 허리에 두르더니 다른 팔로 그녀의 팔꿈치를 잡았다.

"오, 나의 소중한 사람! 나의 기쁨!" 그는 그녀의 목덜미에 입을 맞추며 속삭였다. "거짓일랑 벗어던지고, 내게로 와."

그녀는 그의 품을 벗어나며 자신의 분노를 보여주기 위해 고개를 들었다. 하지만 분노는 온데간데없었다. 그리고 그녀가 그토록 자랑스러워하던 정숙함과 순결함은 이런 경우에 여자들이 일반적으로 내뱉는 평범한 말을 내뱉게 했을 뿐이었다.

"당신, 제정신이 아니군요."

"자, 함께 갑시다." 일리인이 계속했다. "저 숲속 벤치에서처럼 지금 당신도 나처럼 어쩌지 못하고 있는 것을 나는 분명 느껴요. 소냐…… 당신도 괴로워하고 있어! 당신은 나를 사랑하면서도 당신의 양심을 달래려 애쓰고 있는 거야……."

그녀가 도망가려 하자 그가 그녀의 옷소매를 잡으며 재빨리 말했다.

"오늘이 아니라도 내일이면 당신은 반드시 굴복하게 될 거야. 그런데 왜 시간을 낭비하는 거지? 오, 나의 소중한 사랑 소냐, 이미 판결은 내려졌어요. 그런데 왜 집행을 연기하려 하는 거지? 왜 스스로를 속이는 거지?"

소피아는 그를 뿌리치고 집 안으로 들어갔다. 응접실로 들어
가자 그녀는 기계적으로 피아노 뚜껑을 닫고 오랫동안 악보대
를 바라보더니 털썩 주저앉았다. 서 있을 수도 없었고 생각도
할 수 없었다. 결국 그녀의 흥분과 무모함이 남긴 것은 무시무
시한 나약함과 무감각과 비참함뿐이었다. 그녀의 양심은 그녀
가 잘못 처신했다고, 어리석었다고 그녀를 비난했다. 또한 마치
바람기 있는 여자처럼 베란다에서 그의 포옹을 받아들였으며
아직 허리와 팔꿈치에 야릇한 감정을 느끼고 있지 않느냐고 비
난했다.

응접실에는 아무도 없었다. 촛불 하나만이 타오르고 있을 뿐
이었다. 루뱐체프 부인은 마치 그 무엇인가를 기다리는 듯 피
아노 앞 둥근 의자에 꼼짝 않고 앉아 있었다. 이어서 이 어둠과
피곤을 틈타기라도 한 듯 도저히 억제하기 어려운 강렬한 욕망
이 그녀를 사로잡기 시작했다. 그것은 마치 구렁이처럼 그녀의
사지와 영혼을 휘감더니 점점 더 강하게 옥죄기 시작했다. 그
리고 마침내 이제까지의 위협적인 모습을 버리고, 그 매력적인
모습을 적나라하게 그녀 앞에 드러냈다.

그녀는 반 시간 동안 까딱도 않은 채 아무런 거리낌 없이 일

리인 생각을 하며 그 자리에 앉아 있었다. 그러더니 그녀는 갑자기 벌떡 일어나 침실로 들어갔다. 안드레이는 벌써 침대에 누워 있었다. 그녀는 창가에 앉아 자신의 욕망에 온몸을 맡겼다. 그녀의 머리에 이제 '혼란' 같은 것은 없었다. 그녀의 모든 생각과 감정이 단 한 가지 목표를 향해 합의를 이루고 있었다. 그녀는 그것과 싸우려고 애를 쓰기도 했으나 금세 포기했다. 적이 얼마나 강하고 무자비한가를 그녀는 확실히 깨달았다. 그 적과 싸워 이기려면 힘과 용기가 필요했다. 하지만 그녀의 태생, 그녀가 받은 교육, 그녀가 누렸던 삶은 이런 경우에 그녀가 의지할 만한 그 무엇도 마련해주지 않았다.

'화냥년! 더러운 년!' 그녀는 나약한 자신에 대해 저주를 퍼부었다. '넌 본래 그런 여자야!'

자신이 지니고 있다고 믿은 순결함이 능욕을 당하자 그녀는 자신의 나약함에 대해 한껏 분노했다. 그녀는 자신이 아는 온갖 용어를 동원해 자신을 욕하고 비웃었으며 자신의 내부를 들추어냈다. 그녀는 자신이 정숙한 적은 한 번도 없었다고, 이제껏 사고를 치지 않고 지낸 것은 그럴 기회가 없었기 때문이었을 뿐이라고, 그날 하루 종일 힘들었던 내부의 싸움은 한낱 소극(笑劇)에 불과했다고 스스로에게 말했다.

'그래, 설사 내부에서 격렬한 진짜 싸움을 벌였다고 치자.' 그녀는 생각했다. '그게 대체 무슨 의미가 있지? 몸을 파는 여자도 그 길에 뛰어들기 전에는 싸우기 마련 아닌가? 내가 싸웠다고? 싸움 좋아하네! 마치 우유처럼 단 하루 만에 상해버리는 주제에! 단 하루 만에!'

그녀는 자기가 감정에 의해서도 아니고, 일리인이라는 인물에 의해서도 아니고, 오로지 그녀를 기다리고 있는 관능적 욕망에 의해 유혹을 당했다는 점에서 자신에게 유죄를 선고했다……. 별장에서 여름을 보내는 대부분의 유한(有閑) 부인들이 그러하듯이!

"엄마 잃은 어린 새처럼……." 누군가 창밖에서 허스키 목소리로 노래를 불렀다.

'가야 한다면 바로 지금이야'라고 소피아 페트로브나는 생각했다. 그녀의 심장이 갑자기 격렬하게 두근거리기 시작했다.

"안드레이!" 그녀는 거의 고함치듯 남편을 불렀다. "여보! 우리…… 떠날 거지요? 그렇지요?"

"그럼. 하지만 우리가 아니라 당신 혼자 떠나는 거야."

"하지만 당신이 함께 가지 않으면 당신…… 당신…… 나를 잃을지도 몰라요. 아마 나는, 아마…… 사랑에 빠진 것 같아요."

"누구랑?" 남편이 물었다.

"그게 누구건 무슨 상관있어요!" 소피아가 외쳤다.

안드레이는 침대에서 일어나 두 다리를 침대 밖으로 늘어뜨리고는 의아한 눈으로 아내의 어두운 얼굴을 바라보았다.

"무슨 쓸데없는 소리를!" 그가 하품을 하며 중얼거렸다.

그는 아내의 말을 믿지 않았지만 놀라기는 했다. 그는 잠시 생각에 잠겨 있더니 아내에게 집안일에 대해 사소한 몇 가지 질문을 던졌다. 그러고는 가족에 대한, 부정(不淨)에 대한 자신의 의견을 늘어놓기 시작했다⋯⋯. 그는 약 10분가량 무덤덤하게 주섬주섬 늘어놓더니 다시 자리에 누웠다. 그의 도덕 교훈은 아무 소용이 없었다. 이 세상에는 수없이 많은 좋은 의견들이 있다. 하지만 그것들 중 절반 이상은 어려움이라고는 겪어보지 않은 사람들이 펼치는 의견들인 것이다!

늦은 시각인데도 불구하고 창밖에는 아직 여름 별장 사람들이 거닐고 있었다. 소피아 페트로브나는 어깨에 가벼운 코트를 걸치고 얼마간 서서, 잠시 생각에 잠겼다. 그녀에게는 아직 잠들어 있는 남편에게 이렇게 말할 결기(結氣)가 남아 있었다.

"여보, 주무세요? 산책 좀 하러 가려고요⋯⋯. 당신도 함께 갈래요?"

정조

그것이 그녀의 마지막 희망이었다. 아무런 대답이 없자 그녀는 밖으로 나갔다. 시원한 바람이 불고 있었다. 그녀는 바람도, 어둠도 의식하지 않은 채 계속 발걸음을 옮겼다. 제어하기 힘든 힘이 그녀를 떠미는 것 같았으며 만일 그녀가 발걸음을 멈추기라도 하면 뒤에서 그녀를 밀어낼 것만 같았다.

"화냥년! 더러운 년!" 그녀는 기계적으로 중얼거렸다.

그녀는 수치심으로 얼굴이 달아오른 채 숨을 헐떡였으며 발의 감각조차 느끼지 못했다. 하지만 수치심보다도, 이성보다도, 혹은 두려움보다도 강한 그 어떤 힘이 그녀를 앞으로 나아가게 하고 있었다.

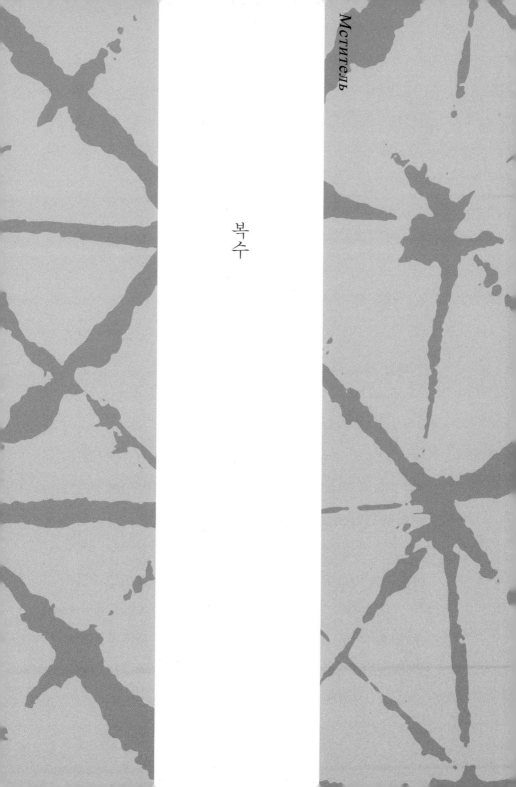

복수

복수

   표도르 표도로비치 시가예프는 아내의 간통 현장을 목격하고 곧바로 총포상으로 달려가서 복수에 알맞을 만한 총을 고르기 시작했다. 그의 표정에는 분노와 비탄과 확고한 의지가 뚜렷하게 나타나 있었다.

   '내가 어떻게 해야 할지 나는 잘 알고 있어'라고 그는 생각했다. '신성한 가정의 존엄성이 파괴되고 명예가 진흙 발에 짓밟혔으며 악이 승리했으니 명예로운 시민이자 사내로서 복수를 해야만 해. 먼저 그년과 정부(情夫)를 죽이고 그다음에 자살해야 해.'

   아직 총도 고르지 않았고 그 누구도 죽이지 않았건만 이미 그는 상상 속에서 피투성이가 된 세 구의 시체, 산산조각이 난 두개골, 흘러나온 뇌수, 주위의 동요, 놀란 입을 다물지 못하고 있는 군중들, 해부…… 등등의 모습을 그리고 있었다. 그는 오쟁이 진 사람이 가지기 마련인 악의적인 희열을 느끼며 친척들과 군중들이 느끼게 될 공포, 배신자의 고통을 상상했고 가정전통의 파괴에 대한 신문의 주요 기사를 마음속에서 이미 읽고 있었다.

흰 조끼를 입고 배가 나온 프랑스풍의 쾌활한 상점 점원이 권총들을 늘어놓은 다음 미소를 띠고 말했다.

"무슈, 이 훌륭한 권총을 권해드립니다. 스미스 베손식으로, 최신형입니다. 탄피 배출기가 있는 3중 작동 권총으로서 500보 거리에서도 쏴 죽일 수 있습니다. 자, 이 마무리를 좀 자세히 보세요. 요즘 제일 잘 나갑니다. 매일 강도, 늑대, 간부(姦夫) 대처용으로 열 정 이상 팔리고 있습니다. 아주 정확하고 강력해서 먼 거리에서도 마누라와 정부를 한 방에 요절낼 수 있습지요. 자살용으로도, 무슈, 이보다 더 좋은 건 없습니다요."

점원은 방아쇠를 당겨본 다음 총열에 입김을 불어넣고 조준을 해보더니 감탄한 듯 숨을 내쉬었다. 총을 들고 저토록 좋아하는 그의 모습을 보니 저 총을 손아귀에 넣기만 하면 기꺼이 자기 머리에 총알을 박아 넣으리라는 생각이 들 정도였다.

"그래 얼마요?" 시가예프가 물었다.

"45루블입니다요, 무슈."

"음…… 내겐 좀 과분한데."

"그렇다면 무슈, 좀 더 싼 걸 보여드리지요. 둘러보시면 아시겠지만 온갖 가격대의 물건이 다 있으니까요. 예를 들어 이 레포셰식 권총은 18루블밖에 안 합니다(순간 점원은 경멸한다는 듯 얼굴을 찌푸렸다). 하지만…… 무슈…… 완전히 한물간 놈입니다요. 히스테리에 걸린 부인들이나 정신병자들이나 사 갈 만한 거지요. 요즘에 레포셰로 자살을 하거나 마누라를 쏘아 죽이면 남들 손가락질이나 받습니다요. 그러기에는 역시 스미스 베손이 제격이지요."

"나는 자살을 하거나 누구를 죽이려는 게 아니오." 시가예프가 무뚝뚝한 표정으로 거짓말을 했다. "시골 별장용으로 사려는 거요. 강도를 쫓아 보내려고……."

"손님께서 무슨 목적으로 사시건 제가 알 바는 아니지요." 점원이 웃으며 가만히 눈길을 낮추었다. "손님마다 왜 권총을 사려는지 일일이 물어보다가는 문을 닫아야만 할 겁니다. 그런데 무슈, 강도를 쫓는 데도 레포셰는 적당하지 않습니다. 소리가 너무 작아서 들리지도 않으니까요. 그렇다면 결투용이라고 일컬어지는 모르치메르는 어떻습니까?"

'놈에게 결투를 신청해?' 점원의 입에서 결투라는 단어가 나오자 시가예프의 머리를 스쳐 지나간 생각이었다. '아니야, 아무래도 놈에게는 너무 명예로운 방법이야……. 그런 짐승 같은 놈은 개처럼 죽여야 해…….'

점원은 몸을 돌리더니 웃음 띤 얼굴로 부지런히 왔다 갔다 하면서 시가예프 앞에 한 무더기의 권총들을 늘어놓았다. 하지만 그것들 중에서도 가장 구미를 당기는 것은 역시 스미스 베손식이었다. 시가예프는 스미스 베손식 권총을 집어 들고 그것을 멍하니 바라보며 생각에 잠겼다. 그는 두 개골이 부서지는 모습, 피가 양탄자 위로 낭자하게 흐르는 모습, 죽어가는 마누라의 다리에 경련이 이는 모습 들을 그려보았다. 하지만 그것만으로는 그의 분노에 찬 영혼을 만족시켜주지 못했다. 피비린내, 비명, 공포만으로는 만족할 수 없었다. 그보다 더 무시무시한 복수를 생각해내야만 했다. 그는 생각했다.

'그래, 그놈을 죽인 다음 자살하고……, 그년은 살려두자. 양심의 가책과 주변 사람들의 멸시에 시달리며 비쩍 말라가게 만들어야 해. 그년은 예민한 년이니까 그 편이 죽는 것보다 더 고통스러울 거야.'

이어서 그는 자신의 장례식을 상상해보았다. 모욕을 당한 자기 자신이 입술에 점잖은 미소를 띤 채 관 속에 누워 있다. 얼굴이 창백해진 그년은 양심의 가책으로 니오베(자랑하던 14명의 아이들이 전부 살해당한 비운의 그리스 신화 속 인물 - 옮긴이 주)처럼 고통스러워하며 관을 뒤따른다. 그년은 격분한 관중들이 그년을 향해 던지는 욕설과 비웃음에 몸 둘 바를 모른다.

"무슈, 스미스 베손식이 마음에 드시는 모양이로군요." 점원이 그의 공상을 깨뜨렸다. "값이 너무 비싸다고 생각하신다면, 좋습니다, 5루블을 깎아드리지요……. 하지만 더 싼 것들도 많이 있습니다요. 무슈, 여기 30루블짜리가 있습니다. 별로 비싸지 않지요. 이렇게 환율이 급락하고 관세가 매일 오르는 판에 말입니다. 사실 저는 보수적이지만 이런 식의 불평을 안 할 수 없습니다요. 요즘 환율과 관세로는 웬만한 부자가 아니면 권총을 지니기 어려운 형편입지요. 가난뱅이가 구할 수 있는 건 튜라 권총이나 화약총뿐인데, 어휴 그놈의 튜라라는 게! 정말 끔찍하지요! 그걸로 마누라를 겨누어보세요! 자기 어깨에 관통상이나 입게 될 뿐이지요."

점원의 말을 듣고 시가예프는 문득 억울하다는 생각이 들었다. 자기가 죽어버리면 간통한 마누라의 고통을 보지 못하게 될 것이 아닌가? 그건 안 될 말이지. 복수란 그 결과를 보고 맛

볼 수 있을 때 달콤한 법이지, 관 속에 누워 무슨 일이 벌어지고 있는지 알 수 없다면 무슨 의미가 있겠는가?

'좀 더 좋은 방법이 없을까?' 그는 생각했다. '그놈을 죽인다. 그런 다음 놈의 장례식에 간다. 장사가 끝난 뒤에 자살한다. 하지만 장례식이 끝나기도 전에 나는 체포될 것이고 권총을 빼앗길 것이다. 그렇게 되면 놈은 죽고 그년은 살아남게 될 거고……. 나는…… 나는…… 자살하지 못하고 체포될 것이다. 그래, 자살할 시간은 얼마든지 있다. 체포를 당하는 건 나름 장점이 있다. 예심 때 당국과 대중들에게 그년의 비열한 간음 행위를 폭로할 수 있다. 내가 미리 자살해버리면 그년이 온갖 음모와 흉계로 죄를 내게 뒤집어씌울지도 모른다. 그러면 사회가 그년의 행동을 정당화하고 나를 비웃을 것이다. 만일 내가 살아 있다면, 그때는…….'

그는 계속 생각했다.

'그래, 내가 자살한다면 사람들은 나를 비난하며 소심한 자라고 의심할 거야. 게다가 내가 자살할 이유가 대체 어디 있냐 이거야? 그뿐 아니지. 자살한다는 것 자체가 비겁한 짓이야. 그래, 그놈을 죽이고 그년은 살려둔 채 재판을 받자. 내가 재판을 받으면 그년이 증인으로 법정에 출두하게 되겠지…… 변호사가 그년을 심문할 때 그년이 얼마나 당황해할까! 망신살이 뻗치겠지! 법원이고 신문이고 여론이고 모두 내 편일 거야.'

그가 깊은 생각에 잠겨 있는 동안 점원은 상품들을 늘어놓으며 자신의 의무를 다하느라 바빴다. 그가 재잘거리기 시작했다.

"여기 영국제들이 있습니다요. 방금 입수한 신형이지요. 하지만 솔직히 말하자면 스미스 베손과는 비교도 안 됩니다. 아마, 손님께서도 읽으셨으리라 생각되지만, 어떤 장교가 우리 집에서 스미스 베손을 한 정 사가지고 가서 그 권총으로 정부(情夫)를 향해 한 방 날렸지요. 그런데 어떻게 됐는지 아세요? 총알이 그를 관통해서 청동 램프를 뚫은 다음 피아노를 맞혔고 방향을 바꿔서 개를 죽이고는 마누라에게까지 부상을 입혔답니다. 그 눈부신 기록 덕분에 우리 상점이 크게 이름을 떨쳤지 뭡니까! 장교는 체포되었습니다. 분명 유죄판결을 받고 형을 살게 되겠지요. 첫 번째로는 우리나라 형법이 너무 낡아빠져서입니다.

그리고 다음으로는, 무슈, 법원이 늘 정부(情夫) 편을 들어주기 때문입니다. 왜 그런지 아세요? 간단합니다. 판사건 배심원이건 검사건 피고의 변호인이건 모두 남의 여편네와 그렇고 그런 관계를 맺고 있기 때문이지요. 게다가 남편이 우리 러시아에 한 명이라도 줄어드는 게 그들에게 유리하기 때문이지요. 만일 정부(政府)에서 모든 남편들을 다 유형지로 보낸다면 러시아 사교계는 쌍수를 들어 환영할 겁니다. 오, 무슈, 오늘날 우리 사회가 도덕적으로 타락한 데 대해 제가 얼마나 분개하고 있는지 아십니까? 남의 마누라를 사랑하는 게 남의 담배를 얻어 피우거나 책을 빌려보는 것처럼 그냥 다반사로 벌어지는 정상적인 일처럼 되었다니까요. 날이 갈수록 우리 상점 매출도 줄어드는 형편입니다. 마누라들이 몸가짐을 제대로 해서 그렇다면 좋겠지만 남편들이 몸을 사리면서 그저 법이나 처벌만 두려워하기 때문입니다."

점원이 주위를 둘러보더니 속삭였다.

"그렇다면 이건 누구 잘못일까요, 무슈? 정부(政府) 책임이지요."

그의 말을 듣고 시가예프는 생각했다.

'그런 돼지 같은 놈 때문에 유형을 간다? 그것도 말이 안 되는 짓이로군. 내가 만일 유형을 간다면 그건 그년에게 재혼해서 두 번째 바람피울 기회를 주는 셈이 되는 거야. 그년은 의기양양해 하겠지…….. 그러니 그년도 살려주고 자살도 말아야 해. 그리고 그놈은……. 그래, 그놈도 죽이지 않겠어. 보다 현명하고 보다 효과적인 방법을 생각해봐야 해. 그래, 연놈을 경멸하

는 걸로 벌주는 거야. 그리고 이혼 수속을 해서 연놈에게 망신을 줘야지.'

"무슈, 여기 다른 연식이 있습니다." 점원이 다른 권총들을 선반에서 꺼내면서 말했다. "아주 특수한 잠금 장치가 되어 있습니다."

아무도 죽이지 않기로 결심한 만큼 시가예프에게는 더 이상 권총이 필요 없었다. 하지만 점원은 그의 앞에 권총들을 늘어놓으며 점점 더 열띤 설명을 했다. 오쟁이를 지어 '아내에게 능욕을 당한 남편'은 점원에게 쓸데없이 시간을 낭비하게 만든 것이 미안했고, 물건을 팔기 위해 웃으며 물건들을 꺼내고 담는 수고를 하게 만든 것이 미안했다.

그가 더듬더듬 말했다.

"아, 됐어요. 오늘은 이만……. 나중에 내가 다시 오거나…… 사람을 보내겠소."

그는 점원의 표정을 살펴보지는 않았다. 하지만 어색한 입장을 다소나마 완화해보겠다는 생각에 다른 물건을 하나 사려고 마음먹었다. 헌데 무얼 산다? 그는 별로 값이 나가지 않는 것을 고르려고 상점을 둘러보다가 문 옆에 걸려 있는 녹색 그물에 눈길이 머물렀다.

"저게…… 뭡니까?" 그가 물었다.

"메추라기를 잡는 그물입니다."

"얼마입니까?"

"8루블입니다, 무슈."

"저걸 싸줘요."

'능욕 받은' 남편은 8루블을 지불하고 그물을 받은 뒤, 한결 더 '능욕 받은' 기분을 느끼며 상점을 나섰다.

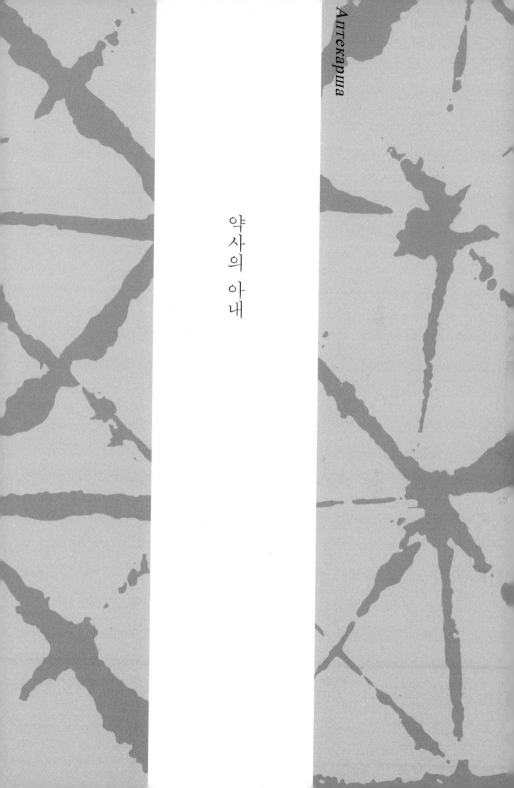

약사의 아내

약사의 아내

구불구불한 두세 갈래 길로 이루어진 자그마한 B읍은 깊이 잠들어 있었다. 대기(大氣)조차 미동도 않는 가운데 완벽한 정적이 흐르고 있었다. 분명 마을 밖 어디선가 가냘프게 들려오는 개 짖는 소리 외에는 아무 소리도 들리지 않았다. 곧 날이 밝으려 하고 있었다.

모든 것이 오래전부터 잠들어 있었다. 오직 약방 주인인 약사 체르노모르지크의 아내만이 깨어 있을 뿐이었다. 그녀는 벌써 세 번이나 잠을 청하려고 자리에 누웠지만 잠을 이루지 못했다. 그녀 자신도 이유를 알 수 없었다.

그녀는 잠옷을 입은 채 창가에 앉아 거리를 내다보았다. 따분하고 우울했으며 공연히 화가 났다. 너무 화가 나서 울고 싶을 지경이었다. 하지만 왜 그런지는 알 수 없었다. 왠지 가슴에 묵직한 덩어리가 얹혀 있다가 목구멍으로 치솟아 오르는 것만 같았다.

뒤쪽 몇 걸음 떨어진 곳에서 남편 체르노모르지크가 벽 쪽으로 몸을 오그린 채 달콤하게 코를 골며 잠들어 있었다. 벼룩이 콧잔등을 물어뜯었건만 그는 아무것도 느끼지 못한 채 미소까지 짓고 있었다. 마을 사람들이 모두 목감기에 걸려 그의 약방 앞에 줄지어 서서 약을 사는 꿈을 꾸고 있었던 것이다. 바늘로 찌르거나 대포 소리가 들려도 깨어나지 않을 성 싶었다.

약방은 마을 끝에 있었기에 약사의 아내는 멀리 들판을 내다볼 수 있었다. 그녀는 동쪽 지평선이 점차 흐릿하게 밝아오다가 갑자기 마치 큰불이라도 난 듯 주홍빛으로 물드는 것을 바라보았다. 둥근 보름달이 멀리 수풀 뒤에서 예기치 않게 모습을 드러냈다. 붉은색이 감도는 달이었다(달이 수풀 뒤에서 나타날 때면 붉은색을 띠는 법이다).

갑자기 어둠의 정적을 깨고 발자국 소리와 달각거리는 박차 소리가 들려왔다. 그녀의 귀에 말소리도 들렸다.

'장교들이 야영지로 가는 게 틀림없어'라고 그녀는 생각했다.

곧이어 하얀 장교복을 입은 두 명의 모습이 시야에 들어왔다. 한 명은 큰 키에 뚱뚱한 몸집이었고 다른 한 명은 작고 홀쭉했다. 그들은 담장을 따라 다리를 질질 끌며 느릿느릿 걸어오면서 큰 소리로 떠들고 있었다. 약방 곁을 지나며 그들은 발걸음을 더욱 늦추고 창문을 흘낏 바라보았다.

"약 냄새가 나는 것 같은데……." 야윈 장교가 말했다. "맞아! 기억이 나……. 지난주에 피마자기름을 사러 온 적이 있었어. 약사가 잔뜩 찌푸린 낯짝을 하고 있었지. 꼭 당나귀 같은 턱주가리를 하고 말이야! 원, 무슨 놈의 턱주가리가 그 모양인지!"

그러자 우람한 사내가 굵은 목소리로 말했다.

"맞아. 지금 잠들어 있겠지. 그 친구 아내도 잠들었나 봐. 대단한 미인이던데."

"나도 봤어. 아주 마음에 들더군……. 이보게, 군의관, 그런 여자가 그 당나귀 턱주가리를 사랑할 수 있을까? 그게 가능한 일일까?"

"웬걸, 사랑하지 않을 거야." 군의관은 약사가 딱하다는 듯 한숨을 내쉬었다. "이보게, 오브쵸소프, 그 귀여운 여자가 창문 뒤에서 잠들어 있어! 귀여운 입을 벌린 채…… 한쪽 다리를 침대 아래로 늘어뜨린 채……. 그 멍청이 약사는 자기가 얼마나 행운아인지도 모를 거야……. 여자와 통나무도 구별할 줄 모르는 위인임에 틀림없어."

"내 말이 그 말이야." 오브쵸소프라는 이름의 빼빼 마른 장교
가 말했다. "약국에 들어가서 뭐든 사지 않겠나? 그녀를 볼 수
있을지 몰라."

"무슨 소리를! 아직 밤중인데!"

"뭐가 어때서? 약국이라면 한밤중에라도 손님을 받아야 하
는 거 아닌가? 이봐, 잔말 말고 들어가 보자고!"

"정 그렇다면……."

약사의 아내는 커튼 뒤에 숨어 희미하게 울리는 벨소리를 들
었다. 그녀는 남편을 돌아보았다. 그는 여전히 웃는 얼굴로 코
를 골고 있었다. 그녀는 옷을 걸치고 슬리퍼에 맨발을 밀어 넣
은 후 약방으로 달려갔다.

유리창 밖에 두 사람의 그림자가 보였다. 약사의 아내는 램
프에 불을 붙인 후 문을 열기 위해 바삐 문 쪽으로 걸어갔다.
더 이상 화가 나지도 않았고 따분하지도 않았으며 울고 싶지도
않았다. 다만 가슴이 쿵쾅거릴 뿐이었다. 뚱뚱한 군의관과 홀
쭉한 오브쵸소프가 안으로 들어섰고, 그녀는 그들의 모습을 볼
수 있었다. 군의관은 뚱뚱하고 가무잡잡했다. 턱수염이 달려 있
었고 행동도 굼떴다. 조금만 몸을 틀어도 군복이 터져버릴 것

같았고 얼굴에는 진땀이 흐르고 있었다. 장교는 불그레한 얼굴에 말끔하게 면도를 했으며, 여자처럼 연약하고 나긋나긋한 느낌을 주었다.

"뭘 드릴까요?" 약사의 아내가 가슴 쪽 옷깃을 여미며 물었다.

"저…… 음…… 박하 정제(精製)를 15코페이카어치 주시오."

약사의 아내는 천천히 선반에서 단지를 꺼내어 정제(精製)를 저울에 달았다. 손님들은 그녀의 등을 뚫어져라 바라보았다. 군의관은 배부른 고양이처럼 눈을 가늘게 뜨고 있었지만 장교는 매우 심각한 표정이었다.

"여자분이 약방에서 약을 파는 모습은 처음 봅니다." 군의관이 말했다.

"어쩔 도리가 없어요." 약제사 아내가 불그스레한 얼굴의 군의관을 흘낏 곁눈으로 바라보며 대답했다. "남편에게 조수가 없어서 제가 돕고 있거든요."

"아, 그렇군요……. 약방이 참 아담합니다. 그런 통들이 몇 개나 되지요? 독약들 사이를 돌아다니는 게 오싹하지 않나요?" 군의관은 몸을 부르르 떠는 척하며 말했다.

약사의 아내는 꾸러미를 꾸려서 군의관에게 건넸다. 오브쵸소프가 그녀에게 돈을 주었다. 이어서 아주 잠깐 동안 침묵이 흘렀다. 두 사내는 눈길을 주고받은 후 문 쪽으로 걸어가더니 다시 서로 눈을 맞추었다.

"소다를 15코페이카어치 주시겠습니까?" 군의관이 말했다.

약사의 아내는 다시 천천히 선반으로 손을 들어올렸다.

"혹시 이 약방에 있는지 모르겠습니다……. 그러니까……." 오브쵸소프가 손가락을 움직이며 중얼거리듯 말했다. "그러니까, 아……, 그렇지……. 기운을 북돋아주는 거……, 예를 들면 탄산수 같은 거……. 그래요, 혹시 탄산수 없습니까?"

"있어요." 약사의 아내가 대답했다.

"브라보! 당신은 보통 여자가 아니라 요정입니다! 세 병만 주십시오!"

여자는 서둘러 소다를 포장하더니 문을 열고 어둠 속으로 사라졌다.

"근사한데!" 군의관이 눈을 찡긋하며 말했다. "마데이라섬에서도 저런 파인애플은 발견하기 힘들 거야! 그렇지 않아? 그런데 자네, 코고는 소리가 들리나? 약사 나리께서 달콤한 잠에 취해 있군, 그래."

잠시 뒤 약사의 아내가 돌아와서 다섯 병의 탄산수를 계산대 위에 세워 놓았다. 약품 저장실에 갔다 와서인지 얼굴이 발갛

게 물들어 있었고 다소 흥분한 것 같았다.

그녀가 병마개를 따다가 뚜껑을 떨어뜨리자 오브쵸소프가 말했다.

"쉿, 소리 내지 마세요. 남편분이 깨겠어요."

"왜요? 깨면 어때서요?"

"아, 저렇게 달게 잠을 자고 있는데……. 아마 당신 꿈을 꾸는 모양입니다. 자, 건강을 위하여!"

그러자 군의관이 탄산수를 벌컥벌컥 마시며 말했다.

"게다가 남편들이란 아둔한 작자들이라서 그저 잠이나 자는 게 좋지. 이 탄산수가 와인이라면 좋겠군!"

"무슨 그런 말씀을!" 약사의 아내가 웃으며 말했다.

"정말 신날 텐데! 왜 약국에서는 보드카 같은 독한 술을 팔지 않는 거지! 그러면 당신이 약 대신 술을 팔아야 하겠지만……. 그런데 여기 vinum gallicum rubrum(붉은 프랑스 와인이라는 뜻의 라틴어. 여기서는 물에 타서 마시는 적포도주 원액을 말함-옮긴이 주)은 없습니까?"

"있어요."

"그럼, 좀 주세요. 얼른 내놔요!"

"얼마나 드릴까요?"

"Quantum satis(충분히 라는 뜻의 라틴어-옮긴이 주)! 우선 1온스씩

물에 타서 줘요. 그런 다음 두고 봅시다……. 이봐, 오브쵸소프, 자네 생각은 어때? 우선은 물에 타서 마시고, 그다음에는 그냥 그대로……."

군의관과 오브쵸소프는 계산대 옆에 앉아 모자를 벗고 와인을 마시기 시작했다.

"사실 와인이란 놈은 맛이 형편없어! 하지만 당신처럼…… 헤헤…… 당신 같은 미인 앞에서는 신주(神酒) 같단 말이야. 부인, 정말 매력적이십니다! 상상 속에서 당신 손에 입을 맞춥니다, 헤헤!"

그러자 오브쵸소프가 말했다.

"상상 속에서가 아니라 실제로 그럴 수 있다면 무슨 짓이든 하겠습니다. 정말이지, 목숨이라도 바치겠습니다!"

"그만들 하세요." 약사의 아내가 얼굴을 붉히며 정색한 표정으로 말했다.

"아냐, 당신 정말 죽여줘!" 군의관이 음흉하게 여자를 바라보며 유들유들한 웃음을 지었다. "당신 두 눈이 총알을 날리는 것 같다니까! 빵! 빵! 자, 축하! 당신이 이겼어요! 우리가 졌다니까!"

약사의 아내는 그들의 불쾌해진 얼굴을 바라보며 그들의 농담에 귀를 기울였고 곧이어 그녀도 명랑해졌다. 오, 그녀는 너무 즐거웠던 것이다! 그녀는 대화에 끼어들어 함께 웃고 교태를 부렸으며, 심지어 손님들의 계속되는 강권에 의해서 2온스가량의 포도주를 마시기까지 했다.

"장교님들께서 병영에서 좀 더 자주 나오셔야 해요." 그녀가 말했다. "여긴 너무 따분해요. 솔직히 지루해서 죽을 지경이에요."

"당연히 그래야지!" 군의관이 분연히 말했다. "이런 보석이, 이런 자연의 기적이 황량한 들판에 버려져 있다니! 하지만 아쉽게도 이제 가봐야 할 시간이네. 자, 알게 돼서 기쁩니다……. 정말로…… 그런데, 얼마지요?"

약사의 아내는 천장으로 눈길을 향한 채 한참 입술을 오물거리더니 말했다.

"12루블 48코페이카예요."

오브쵸소프는 주머니에서 불룩한 지갑을 꺼내더니 지폐를 헤아려 그녀에게 주었다. 그는 헤어지면서 그녀의 손을 꼭 잡고 속삭였다.

"남편이 세상모르고 단잠을 자고 있군요……. 꿈속을 헤매고 있겠지요."

"그런 바보 같은 말 하지 마세요."

"어째서 바보 같단 말입니까? 절대로 바보 같은 말이 아닙니다……. 셰익스피어도 '젊은 시절에 젊음을 누리는 자여, 행복하도다!'라고 노래했는데요."

"손을 놔주세요."

결국 간청 끝에 그가 그녀의 손에 입을 맞춘 후에 손님들은 밖으로 나갔다. 그들은 마치 무엇인가 두고 가는 것처럼 허전한 기분이었다.

그녀는 재빨리 침실로 돌아가서 다시 창문 곁에 앉았다. 군의관과 장교가 느릿느릿 걸어가는 모습이 보였다. 그들은 스무 걸음 정도 걸어가더니 걸음을 멈추고 뭔가 속삭이기 시작했다. 무슨 이야기를 하는 걸까? 그녀의 가슴이 울렁거렸고 관자놀이가 뛰기 시작했다. 왜 그러는 것인지 그녀 자신도 모르는 채……. 마치 자신의 운명이 밖에서 속삭이고 있는 저 두 사람에게 달려 있는 듯 심장이 격하게 쿵쿵거렸다.

5분 뒤 군의관은 오브쵸소프와 헤어져 제 갈 길을 갔고 오브쵸소프는 되돌아왔다. 그는 두어 번 약국 앞을 왔다 갔다 했다……. 그리고 약국 옆에 잠시 서 있더니 이윽고 발걸음을 약국 문으로 향했다. 이어서 조심스럽게 벨을 울렸다.

"뭐야? 누가 온 거야?"

약사 아내의 귀에 갑자기 약사의 목소리가 들렸다.

"벨이 울리잖아! 안 들려?" 그가 모질게 말했다. "도대체 하는 짓하고는!"

그는 자리에서 일어나더니 잠옷을 걸치고 반쯤 잠에 취한 채 슬리퍼를 끌며 약국으로 갔다.

"뭘…… 드릴까요?" 그가 오브쵸소프에게 물었다.

"저…… 박하 정제 15코페이카어치 주십시오."

약사는 코를 실룩거리며 하품을 했고 걸어가면서도 졸면서 계산대에 무릎을 부딪쳤다. 그는 선반을 더듬거려 단지를 내려놓았다.

약 2분 뒤 약사 아내의 눈에 오브쵸소프가 약국 문을 나서는 것이 보였다. 그리고 몇 걸음 더 걸은 뒤에 박하 정제 꾸러미를 먼지투성이 길에 던져버리는 모습이 보였다. 앞쪽 모퉁이에서 군의관이 그를 맞으러 걸어오고 있었다. 이윽고 둘은 이런저런 손짓을 하며 아침 안개 속으로 사라졌다.

"아, 나는 정말 불행해!" 그녀는 다시 잠자리에 들기 위해 황급히 옷을 벗는 남편의 모습을 바라보며 중얼거렸다.

"아, 정말 불행해!" 그녀는 되풀이해서 말하더니 갑자기 쓰디쓴 눈물을 흘렸다. "아. 아무도, 아무도 몰라……."

"이런, 계산대 위에 15코페이카를 놓고 왔네." 약사가 이불을 뒤집어쓰며 중얼거렸다. "여보, 어서 그걸 가져와. 안 그러면……."

그런 뒤에 그는 다시 잠에 빠져들었다.

상자 속의 사나이

상자 속의 사나이

날이 저물었기에 몇 명의 사냥꾼들이 밀로노스츠코 마을 끝에 있는 프로코피 영감님 댁 헛간에서 하룻밤을 묵게 되었다. 그들 중에는 수의사인 이반 이바노비치라는 사람과 중학교 교사인 불킨이라는 사람이 있었다. 이반 이바노비치는 침샤 기말라이스키라는 야릇한 이중 성(姓)을 갖고 있었지만 사람들은 그를 이반 이바노비치라는 이름과 부칭(父稱)만으로 부르고 있었다. 그는 읍에서 가까운 종마 사육장에서 살고 있었으며 신선한 바람이라도 쐴 양으로 이렇게 사냥을 나온 것이었다. 중학교 교사인 불킨은 매년 여름이면 P. 공작의 집에 손님으로 머물렀기에 몇 년 전부터 이곳에서 낯선 사람이 아니었다.

그들은 잠을 이루지 못했다. 이반 이바노비치는 야위고 큰 키에 콧수염을 길게 기른 노인이었다. 그는 문 옆에 앉아 달빛을 받으며 파이프를 피우고 있었다. 불킨은 헛간 건초 위에 누워 있었지만 어두워서 그 모습이 보이지 않았다.

두 사람은 이런 저런 이야기를 나누기 시작했다. 이야기 끝에 이장의 아내인 마브라에 관한 이야기가 나왔다. 건강한 데다 꽤 똑똑했지만 평생 단 한 번도 마을 밖으로 나가본 적이 없으며 읍내 구경도 못 했고 철도도 본 적이 없다는 것이었다. 그녀는 하루 종일 난로 옆에만 앉아 있다가 밤에만 집 밖으로 나선다는 것이었다.

"그거야 뭐, 대단한 것도 아니지요!" 불킨이 말했다. "세상에는 천성적으로 외톨이인 사람이 많아요. 게나 달팽이처럼 자기 껍질 속에 웅크리고 사는 사람들 말입니다. 어찌 보면 격세유전 현상인지도 모르겠습니다. 인류의 조상들이 아직 사회적 동물이 되기 전에 혼자 동굴 속에 살던 시절로 돌아간 셈이지요. 혹은 인간이라는 동물의 성격이 워낙 각양각색이기 때문인지도 모르지요. 누가 알겠어요? 저는 자연과학자가 아니니 그런 질문에 답하는 건 제 일 밖이지요. 다만 마브라의 경우가 그다지 유별난 경우는 아니라는 말씀을 드리는 겁니다. 멀리 갈 것도 없이 그리스어 선생이었던 제 동료 베리코프란 사람을 예로

들 수 있을 겁니다. 두 달 전에 세상을 떠났지요. 영감님도 분명 그 사람 이야기를 들었을 겁니다. 늘 고무장화를 신고 두꺼운 솜 외투를 입고 다녔으며 맑은 날에도 늘 우산을 들고 다녀서 눈길을 끌던 사람이었지요.

게다가 그는 우산을 우산집에 고이 모시고 다녔으며 시계도 양가죽 지갑 속에 넣고 다녔어요. 글쎄, 연필 깎는 칼도 작은 주머니 안에 보관했다니까요. 심지어 얼굴도 자루 속에 넣어서 다니는 것 같았어요. 늘 옷깃을 세우고 그 안에 얼굴을 묻고 다녔으니까요. 검은색 안경을 쓴 채 플란넬 재킷을 입고 귀까지 솜으로 틀어막고 다녔고 마차에 오르면 마부에게 휘장을 내리라고 했어요. 한마디로 자기 자신을 그 무언가로 감싸야만 한다는 불가항력적인 충동을 끊임없이 보여주는 사람이었지요. 말하자면 자신을 외부의 영향과 완전히 격리시키고 그로부터 벗어나려는 사람이었습니다.

현실은 그를 화나게 했고 놀라게 했으며 끊임없이 불안하게 만들었습니다. 자신의 소심증과 현실에 대한 혐오감을 정당화하기 위해서였겠지만 그는 언제나 과거를 칭송했고 결코 존재하지 않았던 것을 찬양했습니다. 심지어 그가 가르치는 고전 언어도 실제로는 그가 현실을 피해 숨어 있을 수 있는 장화나

우산 같은 역할을 했지요.

'오, 그리스어는 그 얼마나 듣기 좋고 아름다운가!'라고 그는 달콤한 표정으로 말하곤 했습니다. 그는 마치 자신의 말을 증명이라도 하는 듯 눈을 가느다랗게 뜬 채 손가락을 들어올리며 '안트로포스(인류라는 뜻의 그리스어-옮긴이 주)!'라고 발음하곤 했지요.

베리코프는 자신의 생각까지도 상자 속에 가두려 애썼습니다. 그리고 그 무언가가 금지되었다는 기사가 신문에 나오거나 관청의 공표가 있으면 마음속에 단단히 새겨두었습니다. 육체적 연애는 불법이라는 기사가 신문에 실리거나 청소년들에게 저녁 9시 이후에는 통행을 금한다는 명령이 떨어지면 그것들은 그의 마음속에서 절대적이고 결정적인 원칙, 혹은 상자가 되었습니다. 그것이 금지되었다는 사실, 그것만으로 충분했습니다. 그는 그 무언가를 인가해주고 허락해주는 일에는 언제나 모호하고 의심스러운 것들이 들어 있다고 생각했습니다. 마을에서 연극 동호회나 독서회 같은 것, 혹은 다방 같은 것이 허가를 받으면 그는 고개를 저으며 나지막하게 말하곤 했습니다.

'물론 옳은 결정이야. 좋은 일이야. 하지만 별 일이 없어야 할 텐데!'

온갖 종류의 범법, 탈선, 규칙 위반 등에 대해 그는 골머리를 않았습니다. 그와는 아무 상관없는 일이라고 말해주어도 막무가내였습니다. 학생이 무슨 못된 짓을 저질렀다는 이야기가 그의 귀에 들어가거나 동료 교사가 교회에 늦게 가기라도 하면, 혹은 어떤 여자가 밤늦게 장교와 함께 걷는 것을 보기라도 하면 그는 초조해하며 '별 일이 없어야 할 텐데'라고 말하곤 했습니다.

교직원 회의에서도 요즘 남학생과 여학생의 행동이 불량하다느니, 교실 안이 너무 시끄럽다느니, 온갖 염려와 불만을 늘어놓아 선생들에게 압박을 주었습니다. 그는 그런 일이 교육청에 알려지면 안 된다고, 별 일이 없어야 한다고 심각하게 말하곤 했습니다. 그는 2학년생인 페트로프와 3학년생인 예고로프를 퇴학시키면 좋을 것이라고 생각했습니다. 그리고 그의 한숨, 그의 낙담, 고양이처럼 작은 얼굴에 쓰고 있는 검은 안경에 굴복해서 우리는 그 학생들의 품행 점수를 깎았고 그들을 집 안에 가두었으며, 결국 둘 다 퇴학시켜버렸습니다.

그에게는 동료 교사들의 숙소를 방문하는 이상한 버릇이 있었습니다. 그는 동료 교사의 집을 방문해서는 마치 조심스럽게 그 무언가를 조사하는 듯 말없이 앉아 있곤 했습니다. 그렇게 한두 시간 앉아 있다가 가버렸지요. 그는 그 행동을 자칭 '교사들 간의 우애 증진 행위'라고 했습니다. 우리들을 보러 와서 그렇게 앉아 있는 행동은 분명 그에게도 성가신 일이었을 겁니다. 하지만 동료로서의 의무이기에 그 성가신 일을 한다는 것이었지요.

우리 교사들은 그를 두려워했습니다. 심지어 교장 선생님도 그를 두려워했습니다. 믿으실지 모르지만 우리 교사들은 모두 투르게네프와 셰드린의 작품들을 읽고 배우며 자란 똑똑하고 올곧은 사람들이었습니다. 하지만 늘 고무장화를 신고 우산을 든 이 작은 친구가 15년간 학교 전체를 손아귀에 넣고 있었던 겁니다! 학교뿐이겠습니까? 실은 마을 전체를 그가 장악하고 있었지요.

우리 마을 부인들은 토요일마다 했던 연극 동호회 활동을 중단했습니다. 그의 귀에 들어갈까봐 겁이 났던 거지요. 또한 성직자들은 그의 면전에서 고기를 먹거나 카드놀이를 할 엄두를 내지 못했습니다. 베리코프의 영향하에서 우리 마을 사람들은 모두 그 무언가를 두려워하도록 10년간, 아니 15년간 길이 들어버린 겁니다. 큰 소리로 말을 하는 것도 두려워했고, 편지를 보내는 것도 두려워했으며 사람을 사귀는 것도, 책을 읽는 것도 두려워했고 가난한 사람을 돕는 일도, 사람들에게 글을 가르치는 일도 두려워했습니다."

듣고 있던 이반 이바노비치가 헛기침을 했다. 무언가 할 말이 있다는 뜻이었다. 그는 먼저 파이프에 불을 붙이더니 띄엄띄엄 말했다.

"그러니까, 셰드린과 투르게네프를 읽은 똑똑한 사람들이…… 모두…… 그 사람 밑에서…… 그 모든 걸 참으며……. 하긴 다 그런 법이긴 하지……."

"베리코프는 저와 같은 집에 살고 있었습니다." 불킨이 이야기를 이어나갔다. "같은 층에 마주 보고 있었지요. 자주 마주칠 수밖에 없었으니 저는 그가 집에서 어떻게 지내는지 훤히 알 수 있었습니다. 집에서도 밖에서와 마찬가지였습니다. 잠옷을 입은 채 실내 모자를 쓰고 블라인드를 내리고 빗장을 잠급니다. 온갖 종류의 금지와 제약이 그대로 이어지는 거지요. 그러고는 '오, 별일이 없어야 할 텐데'라고 되뇌었습니다.

소식(素食)이 그의 몸에 해로울 게 뻔한데도 그는 고기를 먹지 않았습니다. 그가 고기를 먹는다고 사람들이 입방아를 찧을까봐 쓸데없이 겁을 냈던 거지요. 그는 버터를 바른 생선을 먹었는데, 여하튼 고기를 먹는다고 할 수는 없었지요. 그는 사람들이 좋지 않은 말이라도 만들어낼까 두려워 식모를 두지 않았습니다. 대신 아파나시라는 60대의 노인을 이른바 요리사로 두었습니다. 어딘가 멍청해 보이는 술고래였습니다. 군대에서 어떤 장교의 당번병으로 있었고 그 덕에 그럭저럭 요리라고 부를 수 있는 것을 만들어낼 수 있었던 거지요. 아파나시는 자주 문 앞에 서서는 팔짱을 낀 채 깊은 한숨을 내쉬며 똑같은 말을 중얼거리곤 했습니다.

'요즘에는 못된 놈들이 너무 많아!'

베리코프의 침실은 마치 상자처럼 작았고 커튼이 쳐져 있었습니다. 잠자리에 누우면 그는 이불을 머리끝까지 뒤집어썼습니다. 덥고 답답했겠지요. 꼭 닫힌 창문이 바람에 덜컹거렸고 페치카에서는 장작 타는 소리가 들렸으며 부엌에서는 요리사 영감의 한숨 소리가 들렸습니다. 불길한 한숨 소리였지요. 베리코프는 이불 속에서도 두려워했습니다. 무슨 일이 일어나지나 않을까, 혹시 아파나시가 자신을 죽이지나 않을까, 강도가 들어오지나 않을까 두려워했고, 밤새 악몽에 시달렸습니다. 그리고 아침에 저와 함께 학교로 갈 때면 풀이 죽은 모습에 얼굴은 창백했습니다. 사람들이 들끓는 시끌벅적한 학교 생각에 지레 두려움과 혐오감에 사로잡힌 것이 분명했습니다. 그리고 그렇게 고독을 즐기는 사람이 저와 함께 거리를 걸어가는 것이 싫었을 겁니다.

'교실 안이 너무 시끄러워.' 그는 의기소침해 있는 자신의 모습을 해명하려는 듯 변명을 하곤 했습니다. '정말 도가 지나쳐!'

그런데 믿으실지 모르겠지만 이 그리스어 선생이, 이 상자 속의 사람이 결혼할 뻔했답니다."

이반 이바노비치가 재빠르게 헛간 안을 들여다보며 말했다.

"농담이겠지!"

"아닙니다. 정말 이상하게 들리겠지만 거의 장가를 갈 뻔했다니까요. 미하일 사브비치 코발렌코라는 소러시아 출신인 사람이 역사와 지리 선생으로 새로 부임해 왔습니다. 그런데 그는 혼자 이곳에 온 것이 아니라 바렌카라는 누이와 함께 왔습니다. 미하일은 큰 키에 얼굴이 가무잡잡하고 손이 큰 건장한 젊은이로서 얼굴만 봐도 목소리가 굵직하다는 것을 알 수 있었습니다. 실제로 그의 목소리는 마치 빈 통을 두드릴 때 나는 쿵쿵 소리와 비슷했습니다. 그의 누이는 젊지 않았습니다. 서른 안팎의 노처녀였지요. 하지만 키도 늘씬했고 몸매도 좋았으며 검은 눈썹에 발그레한 뺨을 하고 있었습니다.

그녀는 함께 있는 사람들을 정말 즐겁게 해주었습니다. 언제나 시끄러울 정도로 명랑했지요. 늘 웃으며 소러시아 노래를 불렀고 별것 아닌 일에도 호호호, 웃음을 터뜨리곤 했지요. 우리 교사들은 교장 선생님 댁에서 열린 영명축일 파티에서 그녀를 만나 알게 되었습니다. 그저 의무감에서 그 파티에 온 것 같은 무뚝뚝하고 따분해하는 교사들 틈에, 물결 위로 비너스가 나타났습니다. 그녀는 두 손을 허리에 대고 걸으며 웃었고 노래했으며 춤을 추었습니다. 그녀는 감정을 듬뿍 실어 「바람이 분다」라는 노래를 부르더니 이어서 다른 노래를 부르고, 또 다른 노래를 연달아 불렀습니다. 우리들은 모두 넋을 잃었고 심지어 베리코프까지도 마찬가지였습니다. 그는 그녀 곁에 앉아 달콤한 미소를 지으며 말했습니다.

'소러시아 말은 고대 그리스어처럼 부드럽고 듣기 좋습니다.'

그녀는 그의 말이 마음에 쏙 들어서 자기네 농장이 가자스키 군에 있다는 둥, 엄마가 그 농장에 살고 있으며 농장에서 배와 멜론과 호박을 재배하고 있다는 둥, 토마토와 가지를 넣은 비트뿌리 수프를 주로 끓여 먹는데 그 맛이 일품이라는 둥, 온갖 이야기를 재잘거렸습니다. 우리들은 베리코프와 바렌카가 나누는 이야기를 듣고 또 들으면서 갑자기 모두 같은 생각을 갖게 되었습니다.

'둘을 맺어주면 정말 좋겠지요?' 교장 부인이 내 귀에 나지막하게 속삭였어요. 그때, 베리코프가 독신이라는 생각이 느닷없이 우리들 모두에게 떠올랐던 거지요. 우리가 왜 이제껏 그 사실을 주목하지 않았는지, 어떻게 그의 인생에서 가장 중요한 문제를 완전히 도외시한 채 지낼 수 있었는지 이상하게 여겨질 정도였습니다.

'여자에 대해 그는 어떤 태도를 보일까?'라든지 '이 중요한 문제를 저 사람 자신은 어떻게 해결할까?'라는 중요한 질문을 해오지 않았던 것이지요. 우리는 그때까지 그 문제에는 조금도 관심이 없었습니다. 날씨와 상관없이 장화를 신고 다니는 사람이, 커튼을 치고서야 잠을 잘 수 있는 사람이 사랑에 빠질 수도 있다는 생각을 받아들이기 어려웠던 거지요.

교장 부인이 계속 자신의 생각을 말했습니다.

'그런데 저 선생님은 이미 40을 넘겼잖아요. 저 여자가 결혼하려 하지 않을 거예요.'

시골에서는 따분해 보이는 일상 가운데 온갖 일이 다 벌어집니다. 정말 얼마나 불필요하고 터무니없는 일들이 자주 벌어지는 것인지! 실은 정말로 필요한 일들을 결코 하지 않고 지내니까 그렇게 되는 것이지요. 예컨대 그 베리코프를, 그의 결혼에 대해서 우리가 단 한 번도 상상조차 않던 그를 한 여자와 맺어

주려 한다는 게 어디 필요한 일이었을까요?

교장 부인과 사감 부인을 비롯해 전 교직원 부인들은 아연 활기를 띠었고 심지어 용모까지 달라진 것처럼 보였습니다. 마치 인생의 목표를 갑자기 발견한 것 같았지요. 그러던 어느 날 우리는 교장 부인이 극장 특별석에 앉아 있는 모습을 보았습니다. 그리고 그 옆에는 바렌카가 부채를 손에 들고 밝고 행복한 표정으로 앉아 있었습니다. 그리고 말입니다, 바로 그녀 옆에는 베리코프가, 그 구부정한 작은 사내가 마치 핀셋으로 콕 집어다가 집으로부터 그곳에 갖다 놓은 것처럼 앉아 있었습니다.

어느 날 저는 제 집에서 저녁 파티를 열었습니다. 부인들은 베리코프와 바렌카를 초대하라고 야단이었습니다. 한 마디로 기계가 잘 작동되고 있었지요. 바렌카는 결혼에 반대하는 것 같지 않았습니다. 사실 바렌카는 남동생 집에서 함께 지내는 게 그다지 즐겁지 않았거든요. 그들은 툭하면 싸웠고 하루 종일 서로 욕설을 주고받았지요. 물론 아주 사소한 일들이었지요. 하나만 예를 들어보겠습니다.

키 큰 대장부 코발렌코가 수놓은 셔츠를 입고 거리를 걸어갑니다. 그는 자랑하는 머리칼을 이마까지 늘어뜨린 채 한 손에는 책을 들고 한 손에는 지팡이를 들었습니다. 그 뒤를 역시 손에 책을 들고 있는 바렌카가 따라옵니다.

'그런데 미하일리크, 너 그 책 안 읽었지?' 갑자기 그녀가 힐난하듯 큰 소리로 말합니다. '그래, 안 읽은 게 틀림없어!'

'아니, 읽었거든.' 코발렌코가 지팡이로 땅바닥을 두드리며 큰 소리로 반박합니다.

'아니, 미하일리크! 왜 화를 내고 그러니? 아무것도 아닌 일 가지고.'

'읽었다니까!' 코발렌코가 더 큰 소리로 외칩니다.

집 안에서도 그런 식으로 노상 티격태격했습니다. 그런 식으로 사는 게 지겨워서라도 그녀는 자신만의 가정을 갖고 싶었을 겁니다. 게다가 그녀의 나이를 생각해보세요. 뭐 고르고 자시고 할 나이는 지난 셈이었거든요. 그리스어 선생이건 누구건 괜찮아, 뭐, 이런 심정이었을 겁니다. 하긴 요즘 대부분의 여자들은 상대방이 누구이건 결혼만 할 수 있다면 그만이라고들 생각하는 것 같아요. 어쨌든 바렌카는 베리코프에게 호감을 갖고 있던 것은 분명했습니다.

베리코프요? 그는 우리 교사들 집을 방문하는 것과 마찬가지로 코발렌코의 집을 방문하곤 했습니다. 그는 그 집을 찾아가서는 말없이 앉아 있었습니다. 그는 조용히 앉아 있고 바렌카는 그에게 「바람이 분다」라는 노래를 불러주거나 검은 눈으로 그를 주의 깊게 바라보고는 갑자기 호호호…… 웃음을 터뜨리곤 했습니다.

연애 문제, 특히 결혼 문제에 관한 한, 사람들이 넌지시 던지는 말이 큰 효과를 발휘하는 법이지요. 베리코프의 동료들과 부인들은 모두 그에게 장가가야 한다, 이제 그의 삶에서 결혼 밖에는 해야 할 일이 없다, 라고 그를 설득했습니다. 우리들은 아주 진지하게 '결혼은 엄숙한 것이다'라는 식의 온갖 상투적인 말을 늘어놓으며 그를 부추겼습니다. 게다가 바렌카는 외모도 괜찮은 데다 조건도 눈길을 끌 만한 여자였습니다. 고등 문관의 딸인 데다 농장도 있었으니까요. 하지만 무엇보다도 가장 중요한 점은 그녀가 그를 따뜻하고 친절하게 대해준 첫 번째 여자라는 사실이었습니다. 결국 그의 생각이 바뀌었고 자기도 결혼을 해야겠다고 생각하기에 이르렀습니다."

"음, 그렇다면 그 장화하고 우산을 치워버릴 때가 된 거로군." 이반 이바노비치가 말했다.

"무슨 말씀을! 그건 불가능했습니다. 그는 바렌카의 초상화를 책상에 놓았습니다. 그리고 나를 찾아와서 바렌카에 대해서, 가정생활에 대해서 말했고, 결혼은 인생에서 중요한 일이라는 말을 늘어놓았습니다. 그는 코발렌코의 집을 자주 방문했지만 생활 방식은 조금도 바꾸지 않았습니다. 사실은 정반대였습니다. 결혼을 하겠다는 결심이 그에게 더 나쁜 영향을 미친 것 같았습니다. 그는 점점 더 야위어갔고 창백해졌으며 점점 더 상자 속으로 움츠러드는 것 같았습니다.

'나는 바바라 사브비시나(바렌카)가 좋아.' 그는 쑥스러운 듯 희미하게 웃으며 내게 말하곤 했습니다. '그리고 누구나 결혼을 해야 한다는 것도 알아. 하지만…… 너무 갑작스러운 일이라서……. 생각을 좀 해봐야겠어.'

그러면 제가 즉각 반박했습니다.

'생각하고 말고 할 게 뭐가 있나? 어서 결혼하게. 그걸로 그만이야.'

'아니야, 결혼은 진지한 거라네. 어떤 책임과 의무가 뒤따르는지 곰곰이 생각해야 해. 그래야 별일이 생기지 않을 테니……. 이런 저런 걱정 때문에 밤에는 잠이 오지 않는다네. 솔직히 털어놓지만 두렵기도 해. 그 오누이의 사고방식이 이상하단 말이야. 자네도 알다시피 그들은 이상한 눈으로 세상을 보고 있단 말일세. 게다가 그녀는 좀 충동적이야. 일단 결혼을 한다고 치세. 그다음에 어떤 일이 벌어질지 알 수가 없다네. 정말

로 난처한 입장에 처하게 될지도 모를 일이 아닌가.'

그는 청혼을 하지 않고 계속 시간만 끌었습니다. 교장 부인을 비롯해 모든 부인들은 모두 크게 애를 태웠습니다. 그는 장차 그가 떠맡게 될 의무와 책임의 무게를 계속 재고 있었던 것입니다. 하지만 그는 거의 매일 바렌카와 산책을 했습니다. 아마 자신의 입장에서 마땅히 행해야 할 의무라고 생각했을 겁니다. 그런 뒤에는 저를 찾아와 가정생활에 대해 이런 저런 이야기를 늘어놓곤 했습니다. 그러다가 결국 그녀에게 청혼을 하고, 보통 우리들이 그냥 따분한 데다 별다른 할 일이 없어서 결혼을 해치워버리듯, 그렇게 불필요하고 어리석은 결혼을 하게 되었을지도 모릅니다. 그 커다란 사건만 없었다면 말입니다. 그 사건에 대해 말씀드리기 전에 바렌카의 남동생인 코발렌코가 처음부터 베리코프를 거의 참아낼 수 없을 정도로 미워했다는 사실을 밝혀야겠습니다.

그는 종종 어깨를 으쓱하며 우리들에게 말했습니다.

'도무지 이해할 수가 없어요. 그런 밀고자를 어떻게 참아낼 수 있단 말입니까? 그 구역질나는 낯짝을……! 이런 곳에서 참으로 용케도 버티시는군요. 이 숨 막힐 듯하고 불결한 곳에서! 그러고도 당신들이 교육자라고! 여러분들은 지질한 정부 관리

일 뿐이에요! 학문의 전당을 지키고 있는 게 아니라 관공서에서 충실히 근무하고 있어요! 경찰서 냄새까지 난다니까! 여러분, 그러면 안 됩니다! 나는 이곳에 잠시만 있겠습니다. 농장으로 내려가서 가재나 잡고 아이들에게 소러시아어나 가르치겠어요. 나는 갈 테니 그놈의 유다와 함께 잘 지내세요! 천하에 잡놈 같으니!'

그는 말을 끝내자 큰 소리로 웃더니 곧이어 두 팔을 흔들며 날카로운 눈으로 저를 바라보며 물었습니다.

'도대체 그놈이 우리 집에는 왜 오는 겁니까? 도대체 뭘 원하는 거예요? 그저 멍청하게 앉아서 사람을 뚫어지게 바라보고만 있으니.'

그는 심지어 베리코프에게 '거미'라는 별명까지 붙였습니다. 우리는 그의 누이가 그 '거미'에게 시집가려 한다는 사실을 그에게 입도 뻥긋하면 안 된다는 것을 잘 알고 있었습니다. 그런데 어느 날 교장 부인이 참지 못하고 그에게 넌지시 그의 누이의 장래를 위하여 베리코프처럼 믿음직스럽고 누구에게나 존경받는 사람과 결혼시키면 참 좋을 것이라고 말했습니다. 그러자 그가 얼굴을 잔뜩 찌푸리며 말했습니다.

'파충류에게 시집을 가건 말건 내가 상관할 바가 아닙니다.

남의 일에 쓸데없이 끼어들기 싫습니다.'

자, 이제 본격적으로 그다음에 벌어진 일들에 대해 말씀드리지요.

어떤 장난을 좋아하는 사람이 베리코프가 장화를 신고 바짓가랑이를 걷어 올린 채 우산을 손에 들고 바렌카와 팔짱을 끼고 걸어가는 모습을 만화로 그렸습니다. 그리고 만화 아래에다 '사랑에 빠진 안트로포스'라는 제목을 붙였고요. 표정이 놀라울 정도로 실물을 잘 표현하고 있었지요. 그 만화를 그린 사람이 밤새 작업을 했는지 남학교뿐 아니라 여학교 교사들에게도, 또한 신학교 교사와 관리들에게까지 그 만화가 골고루 배달되었습니다. 물론 베리코프도 한 장 받았습니다. 그가 마음에 큰 상처를 입은 것은 물론이고요.

그날은 5월 1일 일요일이었습니다. 학생들과 교직원들이 일단 학교에 모였다가 마을 밖 숲으로 함께 소풍을 가기로 결정한 날이었지요. 우리는 함께 출발했습니다. 베리코프의 얼굴색은 창백하다 못해 파랗게 질려 있었고 비구름보다도 어두컴컴했습니다.

'세상엔 정말 별 사악한 놈이 다 있어!' 그가 입술을 바르르 떨면서 말했습니다.

저는 그가 정말 측은하게 여겨졌습니다. 우리는 나란히 걷고 있었습니다. 아, 그런데 글쎄 코발렌코가 자전거를 타고 따라오고 있는 게 아니겠어요? 그 뒤로는 바렌카가 역시 자전거를 타고 얼굴이 상기된 채 따라오고 있었습니다. 좀 지친 듯했지만 기분도 좋았고 명랑해 보였습니다.

'먼저 갈게요!' 그녀가 곁을 스쳐지나가며 말했습니다. '아, 날씨가 좋아! 정말 너무 좋아!'

이윽고 두 사람이 시야에서 사라졌습니다. 푸르스름하던 베리코프의 얼굴이 하얗게 질려 화석처럼 굳어버렸습니다. 그리고 제게 말했습니다.

'아니, 이게 무슨 일이야! 이봐, 지금 내가 제대로 본 건가? 교사가, 게다가 여자까지 자전거를 타다니! 아니, 이게 될 법이나 한 짓인가?'

'아니, 뭐가 어때서?' 제가 말했습니다. '신경 쓸 것 없어. 그냥 즐기게 내버려둬.'

그는 제가 아무렇지도 않게 넘기는 것을 보고 더 화가 난 것 같았습니다. 그가 저를 향해 고함을 질렀습니다.

'뭐야? 그냥 내버려두라고! 대체 무슨 말을 하는 거야!'

그는 너무 충격을 받았는지 더 이상 가고 싶지 않다며 집으로 돌아가버렸습니다.

다음 날 그는 하루 종일 두 손을 신경질적으로 비벼댔습니다. 한눈에도 심기가 무척 불편하다는 것을 알 수 있었습니다. 그리고 생전 처음으로 조퇴를 했습니다. 그날 그는 저녁도 들지 않았습니다. 저녁 무렵 그는 따뜻한 날씨임에도 불구하고 옷으로 두툼하게 감싸고 코발렌코의 집으로 출격했습니다. 바렌카는 외출하고 없었지만 그녀의 남동생은 집에 있었습니다.

'앉으시오.' 코발렌코가 얼굴을 찡그리며 싸늘하게 말했습니다. 잠에 취한 모습이었습니다. 저녁 식사 후에 잠깐 잠을 잔 것 같았습니다. 기분이 몹시 좋지 않아 보였습니다.

베리코프는 10여 분 동안 말없이 앉아 있다가 이윽고 입을 열었습니다.

'내 마음을 좀 가라앉히기 위해 들렀소. 정말 심히 마음이 괴롭소. 어떤 무례한 놈이 나와 또 한 사람, 그러니까 나와 당신 둘 모두에게 깊이 연관이 있는 사람의 말도 안 되는 그림을 그렸소. 그 일은 나와 아무 상관이 없다는 말을 당신에게 해줘야 할 것 같아서……. 나는 그런 우스꽝스러운 짓의 소재가 될 만한 짓을 한 적이 없소. 반대로 나는 언제나 점잖게 신사로서 행동해 왔소.'

코발렌코는 부루퉁한 채 아무 말이 없었습니다. 베리코프는 잠시 기다렸다가 침울한 목소리로 천천히 말을 이었습니다.

'그 외에도 해줄 말이 있소. 나는 교사 일에 오랫동안 종사해 왔고 당신은 교편을 잡은 지 얼마 되지 않아요. 그러니 한 마디 주의의 말을 해주는 게 선배로서의 도리라고 생각하오. 당신은 자전거를 타고 있소. 하지만 젊은 애들을 가르치는 입장에서 그런 식의 오락은 적절하지 않소.'

'왜 그렇지요?' 코발렌코가 낮은 목소리로 물었습니다.

'아니, 그게 따로 설명이 필요한 일이란 말이오? 선생도 충분히 알고 있을 텐데…… 선생이 자전거를 타면서 학생들에게 뭘 요구할 수 있단 말이오? 학생들에게 물구나무서서 걸어 다니라고 해야겠군! 공식적으로 허가가 난 행동이 아니라면 해서는 안 되는 법이오. 어제는 정말 눈앞이 캄캄했소. 선생의 누이가 자전거를 타고 나타났을 때는 세상이 빙빙 도는 것 같았소. 여자가 자전거를 타다니! 세상에 어찌 그런 일이!'

'그래, 도대체 원하는 게 뭡니까?'

'선생에게 경고하겠다는 것, 그게 전부요. 당신은 젊고 앞날이 창창하오. 행동을 조심조심 분별 있게 해야 하는데 선생은 그러지 않고 있단 말이오! 밤낮 알록달록 수놓은 셔츠를 입고 다니고 책을 옆구리에 끼고 다니더니 이제는 자전거까지! 당신과 당신 누이가 자전거를 탔다는 사실이 교장 선생님 귀에라도 들어간다면……. 그렇게 되면 분명 더 높은 분들 귀에도 들어가게 될 것이고……. 그래도 좋다는 말이오?'

'나와 내 누이가 자전거를 타건 말건 그게 다른 사람에게 무슨 상관이란 말이야!' 코발렌코가 얼굴이 시뻘겋게 되면서 말했습니다. '내 사생활에 끼어드는 놈은 어떤 놈이건 작살을 내버리겠어!'

베리코프는 얼굴이 하얗게 질려 일어났습니다.

'그런 투로 나오면 더 이상 할 말이 없소. 그리고 내 앞에서 상관에 대해서 그런 식으로 말하지 마시오. 권위를 지닌 분은 존경해야 하는 법이오.'

'왜, 내가 높으신 양반들에게 험담이라도 했다는 건가?' 코발렌코가 격노한 눈빛으로 베리코프를 노려보며 말했습니다. '제발 나를 좀 내버려두시지! 나는 정직한 사람이라서 선생 같은 신사분하고는 말하고 싶지 않으니까. 나는 밀고자 같은 놈은 싫어!'

베리코프는 당황한 듯 안절부절못하며 급히 외투를 입었습니다. 얼굴에는 공포에 질린 표정이 역력했지요. 그런 난폭한 말을 생전 처음 들었던 것입니다.

베리코프는 층계에 발을 디디면서 천천히 말했습니다.

'마음대로 말해보시지. 나는 오로지 선생에게 주의를 주러 왔을 뿐인데. 우리들의 대화를 누가 엿들었는지도 모르겠소. 무슨 오해가 생겨 별다른 일이 생기지 않도록 교장 선생님에게 우리의 대화 내용을 알려드리겠소. 대충 줄거리라도 말씀드리겠소.'

'그에게 알린다? 아예 보고서를 올리지 그래!'

코발렌코는 그의 목덜미를 잡고 그를 밀었습니다. 베리코프는 장화를 여기저기 철썩철썩 부딪치며 굴러 떨어졌습니다. 계단은 높고 가팔랐지만 그래도 다행히 다친 곳은 없었습니다. 그는 일어나서 혹시 안경이 깨지지 않았는지 코 쪽으로 손길을 가져갔습니다. 그런데 공교롭게도 그가 계단에서 굴러 떨어지던 바로 그 순간에 바렌카가 두 명의 부인과 함께 안으로 들어섰습니다. 세 명은 밑에서 그 모습을 올려다보고 있었고 베리코프에게는 무엇보다 그 사실이 끔찍했습니다. 그렇게 웃음거리가 되느니 차라리 목이나 다리가 부러지는 편이 나았을 것이라고 그는 분명히 생각했을 것입니다.

'이제 온 마을에 다 퍼지겠군. 교장의 귀에도 들어갈 것이고 장학관도 알게 될 거야. 아아, 분명 무슨 일인가가 일어날 거야! 또 다른 만화가 돌아다니게 될 거고, 결국 사직을 하게 될 거야.'

그가 일어나자 바렌카는 그를 알아보고 그의 우스꽝스러운 얼굴, 구겨진 외투, 장화를 바라보았습니다. 무슨 일이 있었는지 알지 못했기에 그녀는 그가 실수로 미끄러진 것으로 생각하고 집 안이 떠나갈 정도로 큰 웃음을 터뜨렸습니다.

'호, 호, 호!'

그리고 이 '호, 호, 호!' 하는 천둥 같은 웃음소리가 모든 것을 완결 짓는 마지막 결정타가 되었습니다. 구혼 문제도, 베리코프라는 사람의 지상에서의 존재도 종지부를 찍게 된 것입니다. 그에게는 바렌카가 하는 말도 들리지 않았으며 아무것도 보이지 않았습니다. 집으로 돌아온 그는 제일 먼저 책상 위에 놓여 있던 바렌카의 사진을 치웠습니다. 그리고 잠자리에 누웠습니다. 그리고 다시는 자리에서 일어나지 못했습니다.

사흘 뒤에 아파나시가 주인이 아무래도 심상치 않다며 의사를 불러야 할지 어쩔지 상의를 하러 우리를 찾아왔습니다. 저는 베리코프를 보러 갔습니다. 그는 커튼 뒤에 이불을 덮고 조용히 누워 있었습니다. 그에게 무언가 물어도 그냥 '응', '아니'

라고만 대답할 뿐 아무 말도 없었습니다. 아나파시가 그의 곁에 서서 우울한 표정으로 땅이 꺼져라 한숨만 내쉬고 있었습니다. 싸구려 술 냄새가 코를 찔렀습니다.

한 달 후 베리코프는 세상을 하직했습니다. 우리 교직원들은 모두 그의 장례식에 참석했습니다. 관 속에 누워 있는 그의 얼굴은 평온하고 심지어 명랑해 보이기까지 했습니다. 마침내 다시는 떠날 필요가 없는 영원한 상자 속에 들어가게 된 것을 기뻐하는 것 같았습니다. 그렇습니다. 그는 결국 그가 꿈꾸던 이상에 도달한 것입니다!

그리고 마치 그를 기리듯이 그의 장례식 날은 흐리고 비가 왔습니다. 우리들은 모두 장화를 신었고 우산을 들었습니다. 바렌카도 장례식에 왔고 관이 땅속에 묻힐 때 울음을 터뜨렸습니다. 저는 소러시아 여자들이란 울거나 웃거나 둘 중 하나이지, 그 중간 기분에 젖는 일은 없다는 것을 그때 알았습니다.

고백하지만, 사실 베리코프 같은 사람의 장례를 치른다는 것은 즐거운 일이었습니다. 묘지에서 돌아오면서 우리는 모두 엄숙한 표정을 하고 있었습니다. 아무도 그런 기쁜 마음을 드러내려 하지 않았습니다. 그건 마치 어린 시절, 어른들이 외출하고 우리가 마음껏 한두 시간 뛰어 놀 수 있게 되었을 때 느꼈던 기분과 비슷했습니다. 오, 자유! 자유! 그에 대한 암시만 주어도, 자유가 올 거라는 약간의 희망만 가져도 우리의 영혼은 날개를 달게 되는 것 아닌가요?

우리는 기분 좋게 묘지에서 돌아왔습니다. 하지만 채 일주일도 되지 않아 우리들의 일상생활은 이전과 똑같아졌습니다. 이전처럼 여전히 우울하고 무엇엔가 눌려 있었으며 무감각해졌습니다. 행정기관의 공고에 의해 금지되고 억압된 생활도 아니었고 그렇다고 완전히 모든 것이 허용된 생활도 아니었지만, 전보다 나아진 것은 조금도 없었습니다. 그렇습니다. 우리는 베리코프를 묻었지만 그와 비슷한 상자 속의 사나이는 얼마나 많은 것이며, 또 앞으로 얼마나 많을 것인지요!"

"그래, 그런 법이야." 이반 이바노비치는 파이프에 불을 붙이며 말했다.

"그런 사람들이 앞으로 얼마나 더 많을 것인지요!" 불킨이 이반의 말을 반복했다.

교사가 헛간 밖으로 나왔다. 작은 키에 뚱뚱했고 대머리였으며 턱수염을 허리까지 늘어뜨리고 있었다. 두 마리 개가 그를 따라 나왔다.

"달이 참 밝군요." 그가 고개를 위로 향하며 말했다.

한밤중이었다. 오른쪽으로는 저 멀리 6킬로미터나 길게 뻗은 마을길이 보였다. 모든 것이 깊은 정적 속에 묻혀 있었다. 그 어떤 움직임도 없었고 아무 소리도 들리지 않았다. 자연이 그토록 고요할 수 있다니, 믿을 수 없을 정도였다. 달 밝은 밤에 넓은 길, 오두막들, 낟가리들과 잠들어 있는 버드나무들을 바라보아라. 평온함이 당신의 영혼에도 찾아오리라. 온갖 염려, 고통, 슬픔을 한밤중의 어두움 속으로 감싸서 묻어버린 이 평화 속에서 모든 것이 부드럽고 애수에 젖었으며 아름다웠다. 별들은 마치 다정한 눈길로 그 모든 것들을 내려다보는 것 같았으며 이 세상에는 악이 존재하지 않고 모든 것이 다 잘될 것만 같았다. 왼편으로는 마을 끝으로부터 저 멀리 지평선까지 들판이 펼쳐져 있었다. 달빛에 잠긴 그 광활한 들판에서는 아무런 움직임도 없었고, 아무 소리도 들려오지 않았다.

"그래, 다 그런 법이지." 이반 이바노비치가 되풀이했다. "마을에서의 우리들의 삶, 혼탁한 공기 속에서의 혼잡한 삶, 쓸데없는 서류나 작성하고 카드놀이나 하는 삶, 그게 모두 우리에게는 상자와 다름없는 게 아닐까? 시끄럽게 떠들기만 하는 하찮은 남자들과 어리석고 게으른 여자들 사이에서 우리들의 삶을 보내버리는 것, 온갖 말도 안 되는 이야기들을 주고받는 것,

그런 게 모두 일종의 상자가 아닐까? 혹 원한다면 내가 유익한 이야기 하나 해줄까?"

"아뇨, 이제 잠을 좀 자야겠습니다. 내일 말씀해주십시오." 불킨이 대답했다.

그들은 헛간으로 들어가 건초 위에 누웠다. 그들이 이불을 덮고 잠을 청하려는데 갑자기 타박, 타박 가벼운 발걸음 소리가 들렸다. 헛간에서 멀지 않은 곳을 누군가 지나가는 것 같았다. 몇 걸음 걷다가 잠시 멈춰 서더니 다시 타박, 타박 걷기 시작했다. 개들이 짖기 시작했다.

"마브라일 겁니다." 불킨이 말했다.

발걸음이 멀어졌다. 이반 이바노비치가 옆으로 누우며 입을 열었다.

"거짓말을 듣고 보면서도 그걸 참아내니까 바보라는 소리를 듣는 거야. 모욕과 수치를 참아내면서 감히 공개적으로 자기가 정직한 사람과 자유로운 사람 편이라고 말할 수는 없는 법이지. 그러고는 자신도 거짓말을 하면서 스스로를 비웃게 되는 거라네. 그 모든 게 한 조각의 빵을 위해서, 몸을 눕힐 따뜻한 거처를 위해서, 아무 가치도 없는 초라한 지위를 위해서 하는 짓이지. 그 누구도 그런 식으로 계속 살아갈 수는 없는 법이야."

"어르신, 또 다른 공고문을 발표하시는군요. 이제 자야겠습니다."

잠시 후 불킨은 잠이 들었다. 하지만 이반 이바노비치는 계속 한숨을 내쉬면서 이리저리 뒤척였다. 잠시 후 그는 몸을 일으키더니 다시 밖으로 나갔다. 그리고 헛간 문지방에 앉아 파이프에 불을 붙였다.

『안톤 체호프 단편집』을 찾아서

    중학교 시절 나는 그다지 모범생은 아니었던 것 같다. 자주
는 아니었지만 아주 가끔 수업 시간에 선생님 말씀에 귀를 기
울이지 않고 딴짓을 했던 것이다. 나는 전날 재미있게 읽은 한
국 문학이나 세계 문학 단편소설 가운데 한 편을 기억해 내며
공책에 나름 재창작(?)을 하곤 했다. 그리고 짝에게 보여주며
마치 내가 쓴 작품인 양 사기(?)를 쳤다. 순진한 그 친구가 '야,
정말 잘 썼다. 너 소설가 되라'라며 감탄하는 모습을 보고 짜릿
한 기분이 되었을 것이다. 하지만 그런 쾌감을 노리고 한 짓은
아니었고 그냥 재미있어서 한 짓이었다.

    그중의 한 편이 바로 안톤 파블로비치 체호프(Anton Pavlovich
Chekhov, 1860~1904)의 「귀여운 여인」이었다(물론 어려운 러시아 이름들

은 모두 우리 이름으로 바꾸었고 배경도 적당히 손보았다). 그래서 「귀여운 여인」은 내게 너무 친숙한 작품이 되었고 안톤 체호프는 내가 좋아하는 작가가 되었다.

어리다면 어리달 수도 있는 중학생에게 「귀여운 여인」이 무슨 재미와 감명을 주었기에 기억을 더듬으며 베껴 쓰게 되었던 것일까? 지금 와서 그때의 내 느낌이 이러했느니 저러했느니 말한다면 거짓말일 것이다. 하지만 막연히 추측한다면 그 작품을 읽으면서 내 얼굴에 빙그레 웃음이 떠올랐을 것 같다. 말하자면 가슴 두근거리는 감동을 주었거나 날카로운 통찰력을 느낀 것은 아니지만 한 폭의 정갈하고 아름다운 그림을 감상한 것 같은 느낌을 주었을 것이다. 그리고 지금 다시 「귀여운 여인」을 읽으면서 받은 느낌도 그와 비슷하다.

사실 「귀여운 여인」만 그런 것이 아니다. 안톤 체호프의 단편들이 대개 다 그렇다. 때로는 그림의 크기가 좀 더 커지거나 작아지기도 하고 색조가 조금씩 변하기도 하지만 거의 모든 작품이 아름다운 그림 한 편을 감상한 것 같은 여운을 남긴다. 그리고 그 그림 전체가 잔잔하게 내 안으로 스며드는 것 같은 느낌을 준다. 그렇다. 그것이 바로 안톤 체호프의 단편들이 지닌 매력이고 힘이다. 가슴 두근거리게 만드는 감동 못지않게, 그렇게 잔잔하게 스며드는 감동도 좀 거창하게 표현한다면, 우리의 존재 전체를 바꾸어놓기에 충분하다.

조금 자세히 「귀여운 여인」이라는 그림을 들여다보자. 여러분은 어떤 느낌을 받았는가? 아마 많은 사람들의 눈에 주인공 올렌카가 정말 줏대 없는 여자로 보였을 수도 있을 것이다. 활동적이고 능동적이고 적극적인 여성상을 이상형으로 삼고 있는 현대인들의 눈으로 본다면 너무나 소극적이고 전근대적인 여성으로 보였을 것이다.

우선 그녀는 너무 쉽게 사랑에 빠진다. 그녀는 극장 경영인, 목재상, 군 수의관을, 마지막으로 수의관의 아들을 차례대로 사랑하지만 그녀의 사랑에는 극적인 드라마도 없고, 이른바 영혼의 떨림 같은 것도 없다. 다만 그들이 그녀 곁에 있었다는 이유만으로, 그들이 그녀를 좋아한다는 이유만으로 그들을 사랑한다.

어디 그뿐인가? 그녀는 극장 경영인과 부부로 지내면서 늘 그의 말을 그대로 되풀이하고 매사에 그와 같은 의견을 내세운다. 목재상과 결혼을 하면서 세상을 온통 목재상의 눈으로 보고, 군 수의관을 사랑하게 되자 "사람들의 건강 못지않게 가축들의 건강에 대해서도 신경을 써야 해요"라고 만나는 사람마다 되풀이한다. 정말 줏대도 없고 자기 생각이 없는 여자다.

게다가 그런 그녀를 아무도 비난하지 않는다. 심지어 지금 눈으로 보면 불륜이 분명한 수의관과의 수상한 관계에 대해서도 마찬가지다.

> 그녀는 수의관의 말을 그대로 되풀이 했고 매사에 그와 의견이 같았다. 그녀는 분명 단 1년도 누군가를 사랑하지 않고는 살아갈 수 없는 여자였다. 그리고 자기 집 별채에서 새로운 행복을 찾은 것이다. 만일 다른 사람에게 그런 일이 벌어졌다면 비난을 받았을 것이다. 하지만 그 누구도 올렌카를 나쁘게 보지 않았다. 그녀에게는 너무나 당연한 일로 여겨졌던 것이다. (24쪽)

왜 다른 사람이라면 비난받을 만한 일이 그녀에게는 당연한 일로 여겨졌을까? 그녀만의 줏대가 있고 그 줏대가 그녀를 '귀여운 여인'으로 만들어주기 때문이다. 어떤 줏대? 그 누군가를 사랑해야만 살아갈 수 있다는 그녀의 성격, 그게 바로 그녀의 줏대다. 사랑이 삶의 조건 그 자체이기에 사랑만 할 수 있다면 자신이 어떻게 되어도 좋다는 것, 얼마든지 변신이 가능하다는 것 그것이 바로 그녀의 줏대다. 그러니 그녀만의 줏대 없음이 바로 그녀의 줏대가 되는 셈이다. 한 사람만을 목숨까지 내걸고 사랑하는 비장하고 숭고(?)한 사랑 곁에서 그녀는 심수봉처럼 "사랑밖에 난 몰라"라고 노래하고 있는 셈이다.

> 그녀는 자신의 전 존재를, 그녀의 전 영혼과 이성을 사로잡을 사랑이, 그녀에게 생각할 힘을 주고 삶의 목표를 줄 수 있는, 그녀의 피를 다시 따뜻하게 해줄 그런 사랑이 필요했다. (28쪽)

그녀는 아무리 사랑에 빠지더라도 자기 자신만의 생각과 목표를 잃지 않는 그런 줏대 있는 여자가 아니다. 사랑만이 그녀에게 생각할 힘과 삶의 목표를 줄 수 있고, 그녀를 살아갈 수 있게 만드는 그런 여자다. 그러니 그녀에게는 사랑이 전부다. 정말로 "사랑밖에 난 몰라"다. 하지만 그녀는 사랑 때문에 모든 것을 잊거나 잃는 사람이 아니다. 사랑 덕분에 생각도 갖게 되고 삶의 목표도 생기고 삶에 의미도 갖게 되는 여자다. 그보다 더 긍정적인 사랑이 어디 있겠는가?

하긴 '그게 어디 자기 생각이고 목표인가? 그냥 앵무새처럼 남을 따라하는 거지'라고 비난하는 사람이 있을지도 모르겠다.

아니, 비난하는 사람이 있을지도 모를 정도가 아니라 우리 모두 그런 생각에 물들어 있는지도 모른다. 심지어 「귀여운 여인」을 번역한 사람조차 그런 생각에 젖어 있음을 보여주는 적절한 예가 있다.

수의관이 소속부대와 함께 멀리 떠나고 그녀는 외톨이가 된다. 그러자 삶의 모든 의미가 사라지고 그녀는 마지못한 듯 억지로 먹고 마시는 생활을 해나간다. 그리고 이어서 이런 대목이 나온다.

> 그녀에게 가장 불행했던 것은 이제 그녀가 자신의 의견을 갖지 못하게 되었다는 사실이었다. 그녀도 주변의 사물들을 보았고 자기가 무엇을 보고 있는지 알았다. 하지만 그녀는 그것들에 대해 자신의 의견을 가질 수 없었고 그것들에 대해 무슨 이야기를 해야 할지 알 수 없었다. 자신의 의견을 가질 수 없다는 건 그 얼마나 무서운 일인가! (26쪽)

그런데 내가 검토한 번역서 중에는 그녀가 그렇게 불행해진 것은 그녀가 자신의 주관 없이 살아왔기 때문이라는 뜻으로 번

역을 한 것도 있었다(번역문을 옮기지는 않겠다). 간단한 오역인 것 같지만 작품 전체의 그림을 완전히 흐려놓는 오역이다. 실은 오역이 아니라 번역자의 생각, 아니, 일반적인 우리들의 생각이 그대로 반영된 번역이라고 하는 것이 옳을지도 모르겠다. 사랑을 해야만 자기 의견을 가질 수 있다는 생각보다는 아무리 사랑을 하더라도, 혹은 사랑을 잃더라도 자기만의 주관이 있으면 얼마든지 살아갈 수 있으며 그게 올바른 태도라는 생각이 우리를 무의식적으로 지배하고 있는 것이다!

더 이상 멀리 나가지는 말자. 다만 세상에는 "사랑밖에 난 몰라!"라고 남몰래 노래하는 사람들이 많고, 우리들 모두 속으로는 그 노래를 흥얼거리고 있기에 「귀여운 여인」이 아직 사람들의 사랑을 받고 있으며 고전 속에서 빛을 발하고 있으리라, 라는 말만 덧붙이기로 하자.

이 작품집에 실린 나머지 여덟 편의 작품들도 마찬가지다. 그 작품의 주인공들은 「귀여운 여인」의 올렌카처럼 온갖 비난과 안타까움을 불러일으킬 수도 있는 인물들이다. 하지만 「귀여운 여인」의 올렌카와 마찬가지로 그들은 우리를 분노하게 하거나 배척의 대상이 되지 않는다. 아무리 부정적인 인물이라도 우리를 웃음 짓게 하거나(쓴 웃음?) 연민을 갖게 한다. 그 단편들은 인간의 영혼은 그 얼마나 알록달록한가를 우리에게 실감나게 보여준다. 제아무리 지저분하고 어리석고 부정적인 인물이라도 그것이 바로 우리들이라는 것을 할 수 없이 인정하게 해준다.

그런 지저분함과 어리석음이 사라지면 세상이 좋아질까? 우리는 그런 세상을 꿈꾸어야 할까? 아니다. 그런 세상은 결코 오지 않는다. 만일 그런 세상이 온다 해도 그 세상은 멸균된 세상이지 사람이 숨 쉴 수 있는 세상은 아니다. 우리는 그런 우리 자신에 대해 연민과 애정을 갖고 살아갈 수밖에 없다. 그러고 보니 체호프의 작품들은 그 연민(compassion)이라는 물감으로 그려놓은 그림들인 것 같다. 그리고 나는 어린 시절부터 그 연민에 끌렸던 것 같다. 연민은 밖에서 남들을 바라보고 느끼는 감정을 뜻하지 않는다. 연민은 자신과 남의 감정을 서로 나누고 공유하는 것이다. 남에 대해 연민을 느끼는 자는 그 사람의 표면에 머물지 않는다. 그 사람의 가장 깊은 내면까지 들어간다. 연민을 느끼는 사람은 사람의 깊은 마음을 이해하는 사람이며 연민이 존재하는 사회는 깊이가 있는 사회다.

안톤 파블로비치 체호프는 1860년 1월 29일 러시아 남부 항구 도시 타칸로크에서 태어났다. 할아버지는 농노였고 아버지는 잡화상이었다. 넉넉지 않은 집이었으며 그나마 아버지가 파산하는 바람에 더욱 어려운 형편에 처하게 되었다. 하지만 체호프는 어려운 생활 형편에서도 학업에 정진해서 1879년에 모스크바 대학 의학부에 입학하고 의학 박사 학위까지 취득했다. 그는 대학에 다니면서도 가족의 생계를 위해 신문 잡지 등에 글을 기고했다. 하지만 의학 박사 학위 취득 후 그의 공식적인 의사 활동은 1년 남짓밖에 되지 않는다. 작가로서의 꿈을 버릴 수 없었던 때문이다.

1881년부터 필명으로 단편들을 다양한 잡지에 발표하기 시작한 체호프는 1882년부터 5년간 300편이 넘는 단편들을 발표했다. 대개 아주 짤막하고 유머러스한 작품들이었다. 그리고 1888년 『황혼』이라는 표제가 붙은 단편집으로 푸시킨 문학상을 수상하면서 문단의 주목을 받기 시작했고 금세 러시아 문학계를 대표하는 작가로 급부상했다.

한편 그는 단편소설 외에 극작에도 몰두한다. 그중 「갈매기」 「세 자매」 「벚꽃동산」은 지금도 자주 무대에 오르는 걸작이다.

1884년 스물넷의 젊은 나이에 폐결핵 진단을 받은 바 있던 체호프는 무리한 집필 활동으로 건강이 악화되어 1899년 크림반도로 요양을 떠나지만 결국 폐결핵을 극복하지 못하고 1904년 7월 15일, 44세를 일기로 세상을 떠났다.

체호프는 에드거 앨런 포, 기 드 모파상과 함께 세계 3대 단편 작가 중의 한 명으로 꼽히며 러시아 문학뿐 아니라 전 세계 수많은 작가들에게 커다란 영향을 미쳤다. 우리가 익히 아는 이름들만 해도 제임스 조이스, 버지니아 울프, 어네스트 헤밍웨이 등이 그에게서 영감을 받은 작가로 꼽히며 그 외 많은 작가들이 자신이 체호프의 영향을 받았음을 고백하고 있다.

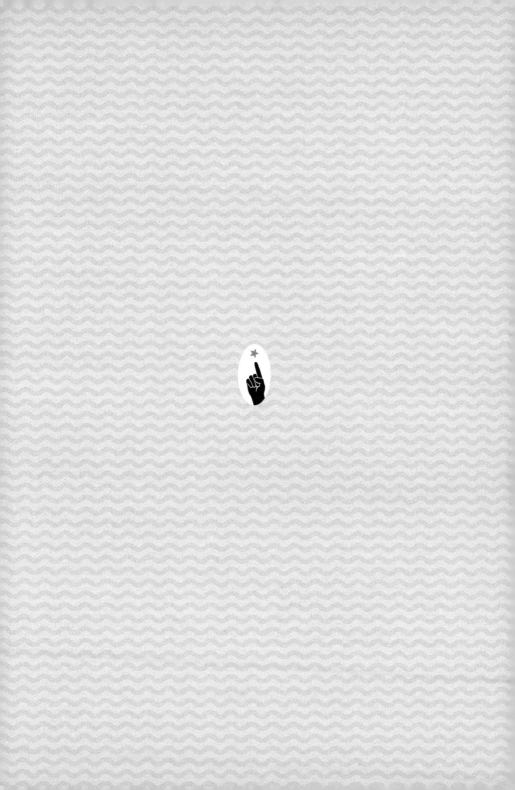

안톤 체호프 단편집

생각하는 힘: 진형준 교수의 세계문학컬렉션 73

펴낸날	초판 1쇄 2022년 3월 4일

지은이	**안톤 체호프**
옮긴이	**진형준**
펴낸이	**심만수**
펴낸곳	**(주)살림출판사**
출판등록	**1989년 11월 1일 제9-210호**

주소	**경기도 파주시 광인사길 30**
전화	**031-955-1350** 팩스 **031-624-1356**
홈페이지	**http://www.sallimbooks.com**
이메일	**book@sallimbooks.com**

ISBN	978-89-522-4387-4 04800
	978-89-522-3984-6 04800 (세트)